토스쿠

토스쿠 1 (큰글씨책)

초판 1쇄 발행 2018년 3월 12일

지은이 정광모
펴낸이 강수걸
편집장 권경옥
펴낸곳 산지니
등록 2005년 2월 7일 제 333-3370000251002005000001호
주소 부산광역시 해운대구 수영강변대로 140 BCC 613호
전화 051-504-7070 | 팩스 051-507-7543
홈페이지 www.sanzinibook.com
전자우편 sanzini@sanzinibook.com
블로그 http://sanzinibook.tistory.com

ISBN 978-89-6545-492-2 04810
      978-89-6545-491-5 (세트)

토스쿠 1

정광모 장편소설

산지니

차례

1

　요트가 속도를 줄였다. 태성은 조타기를 돌려 요트 앞머리를 선착장에 붙였다. 기다리던 남 사장이 태성이 던진 로프를 받아 접안 시설의 기둥에 요트를 묶어 맸다. 조타실에서 배를 대는 모습을 느긋하게 지켜본 승객들은 아쉬움이 남는 얼굴로 땅에 내렸다. 기다리던 운전사가 승객들의 짐을 받아 트라이시클에 올렸다.

　남 사장이 둥근 선글라스를 쓴 남자에게 깍듯하게 물었다.

　"어떻게, 투어는 괜찮았습니까?"

　"아, 좋았어요. 한적한 카라바오 섬이 그만입니다."

　"좋으셨다니 저도 고맙습니다."

　어린 아들이 트라이시클에 타면서 아버지에게 말했다.

　"이거 너무 재밌어. 내일 또 오면 안 돼?"

　아이는 섬의 해변에서 태성과 함께한 원반 던지기 놀이를 좋아했다. 해변의 안쪽에서 바비큐를 굽는 엄마가 아들을 부르면 쫓아가 마지못해 고기 한 점을 입에 넣고는 뛰어와서 태성에게 원반을 날렸다. 태성이 던진 원반은 평평하게 날면서 아이가 잡기 좋은 위치로 떨어졌다. 바람을 받아 옆으로 꺾이거나 뚝 떨어지면 아이는 몸을 날려 힘겹게 붙잡았다. 신이 난 아이는 모래에 선을 그어 태성과 받기 시합을 벌였고 백사장에 닿기 직전의 원반까지 몸을 던지며 낚아챘다. 엄마가 달려와서 아이를 백사장에서 떼어내고 나서야 놀이는 끝났다.

아이의 엄마는 트라이시클에 타면서 태성에게 1,000페소를 팁으로 건넸다. 그는 고개를 숙이고 후한 팁을 두 손으로 받아들었다. 투어를 시작하고 손님에게 처음 팁을 받을 때는 난감했고 은연중에 깔린 한국인 관광객 특유의 으스대는 몸짓이 불쾌하기조차 했다. 한국에서 일이 얼마나 풀리지 않았으면 여기까지 와서 고생이냐고 팁을 주면서 위로를 하는 사람이 있는가 하면, 어떤 이는 자신이 운영하는 회사로 연락하라며 한국 회사의 명함을 주기도 했다.

손님들이 손을 흔들면서 화이트비치의 리조트로 떠나자 태성과 남 사장은 사무실로 걸음을 옮겼다. 남 사장이 투어에 대해 물었다.

"별다른 일은 없었고?"

"네. 방카 한 척이 우리 앞을 난폭하게 지나갔어요."

"요트를 시샘하는 놈이군."

그는 방카는 대적 상대가 아니라는 듯 자신감이 가득한 웃음을 지으며 말했다.

"이틀 후에 장거리 투어를 가는 팀이 들어올 거야."

"장거리 투어요?"

남 사장이 대답 대신에 앞장서 사무실을 향해 걸었다. 뜻밖의 일정에 놀란 태성은 천천히 그의 뒤를 따랐다.

단층 사무실은 남 사장의 선착장 앞에 붙어 있었다. 남 사장의 선착장은 보라카이 섬의 탐비산 부두 옆 공간으로, 개인 시설도 공영도 아닌 애매한 곳이었다. 부두의 방파제 옆에 붙은 작은 선착장이 태풍에 파손되자 남 사장은 돈을 들여 이곳을 보수했다. 선착장 아래로 돌을 보강하고 손상된 안벽을 세우고, 방파제 상단에 자갈을 투입하였다. 어민 공용의 선착장에 남 사장 개인의 몫이 더해지는 바람에 선착장의 수면에는 남 사장을 위한 보이지 않는 경계선이 그어진 것 같았다. 섬 어민들은 남 사장이 선착장에 쏟아부은 상당한 노력을 인정하고 암묵적으로 그가 소유한 요트와 방카에 우선 사용권을 주었다. 남 사장은 선착장 끝에 소형 어선을 끌어올리는 크레인을 설치하고 그 뒤로 들어 올린 어선을 수리하는 철제 지지대 두 개와 가건물 수리소를 세웠다. 남 사장이 크레인을 선착장 부지에 설치할 권한이 있는지는 분명하지 않았지만, 어민들은 해면에서처럼 선착장 땅에 대해서도 남 사장의 눈에 보이지 않는 권리를 존중했다. 남 사장의 어선 수리 솜씨는 인근에서 소문이 날 만큼 훌륭했고 수리비용도 저렴해서 어민들은 선박 부품에 이상이 생기면 먼저 그의 수리소를 찾았다.

게다가 남 사장이 잘되는 것은 곧 필리핀 친구들이 성공하는 길이기도 했다. 남 사장의 아내는 필리핀 사람이다. 보라카이 섬의 부두에서 아내가 연 식당이 잘 돌아가자 처남들이 하나둘 달려왔고, 장인과 장모가 덤으로 얹혔으며 처제와 동서까지 따라붙었다. 남 사장은 아내의 식구들이 몰려오자 두 손을 들고 환영했다. 한국의 보호시설에서 어린 시절을 외롭게 보낸 그는 사람들이 북적대는 것을 좋아했다. 처가 식구들도 쾌활하고 낙천적인 그와 비슷해 서로 잘 어울렸다. 그는 한국에서 벌어 두었던 돈으로 방카 두 대를 사서 처남들이 운송 사업을 하도록 도왔고 화이트비치로 넘어가는 길의 허름한 단독 주택을 한 채 구입해서는 처가 식구에게 살도록 그냥 내주었다. 동서들에게 제공할 트라이시클도 두 대 구입했다. 처제는 아내의 식당에서 동업자로 자리를 잡았다. 이대로 가면 남 사장은 친족들의 안녕을 책임지는 필리핀 전통 족장의 위치에 오르지 않을까도 싶었다. 그의 처가 식구가 대가족으로 불어나면서 남 사장 개인의 몫이 일부 줄어들어도 그는 개의치 않아 했다. 어쨌든 그들은 모두 각자의 맡은 일을 느긋하지만 정확하게 해내고 있었기 때문이다.

남 사장의 사업은 방카와 요트와 선박 수리소와 트라이시클과 식당을 갖추며 점차 가지를 벌려 나갔지만 실속은 아직 보잘것없었다. 남 사장이 버는 돈 대부분이 처가 살림에 들어가 버렸기 때문이었다. 그의 재산은 아내가 주도해서 만든 '보라카이 카라바오 회사'에 몽땅 들어갔고 그는 지분을 소유한 사람 중 한 명에 불과했다. 그러나 남 사장은 조바심을 내거나 불안한 티를 전혀 보이지 않았다. 그는 사람들이 들끓는 것을 좋아했고 밤이면 처가 식구들과 산미구엘 맥주와 투바를 마시며 이야기를 즐겼다. 아내의 식당에서는 밤마다 동네 주민들이 수선스레 모여 요란한 웃음소리를 퍼뜨렸다. 어민이나 동네 주민이 지나가면 남 사장은 꼭 맥주 한 병은 대접하고 보냈다. 한국인 가이드들과도 사이좋게 지냈고 가이드들은 잇속을 챙기지 않는 그에게 타향의 고충을 털어놓았다. 남 사장은 그들의 하소연에 귀 기울였고, 자연스럽게 가이드들에게 도움을 주었으며, 가이드들은 그에게 이런저런 방법으로 보답했다.

남 사장은 검게 탄 피부에다 타갈로그어까지 제법 구사해서 빠르게 필리피노로 변신하고 있었다. 그의 피부가 그을리고 타갈로그어 실력이 늘어날수록 화이트비치의 식당이나 관광업체를 소유한 한국인 사업가와는 거리가 멀어졌다. 한국인 사장들은 그를 변칙적이고 이질적인 존재로 경계하며 조심스레 멀리했다. 피부가 검고 쌍꺼풀이 짙은 남 사장이 한국인 가이드 옆에 서 있으면 관광객들은 그를 필리핀 운전기사로 오해하고 짐을 맡겼다. 그가 필요한 것이 없냐고 관광객들에게 물으면 그들은 남 사장에게 한국말을 잘한다고 칭찬해 주었고, 어디서 배웠느냐고 묻기도 했다. 그러면 남 사장은 태연하게 타갈로그어로 '에-완 꼬(나는 모릅니다)'라고 답했고, 질문한 사람은 그 이름이 한국어를 가르치는 학원이냐고 다시 묻기도 했다.

남 사장에게 골칫거리가 있었다면 그가 소유한 헌터 35호 요트였다. 보라카이의 카그반 부두에서 매물로 나온 요트를 보면서 남 사장의 고민이 시작되었다. 무엇보다 가격이 터무니없이 쌌다. 카그반 부두에서 그가 일하는 탐비산 부두의 선착장까지는 10분밖에 걸리지 않아 요트를 가져오기도 쉬웠다. 그는 요트 선주인 호주인과 접촉해서 요트를 샅샅이 살펴본 후에 가격이 저렴했던 이유를 알아냈다. 엔진과 세일도, 전기시설과 선저도 모두 괜찮았는데 선주가 자신을 옭아매는 요트에서 벗어나려 안달이었다. 선주는 40대 초반의 남자로 '사람은 즐기려고 태어났다'는 굳건한 인생관을 지녔었다. 호주에서 10년 가까이 따분한 직장 생활을 견뎌내고는 38세가 되던 날, 무료하기 그지없던 직장생활을 접고 튼튼한 중고 요트를 사서 유랑길에 올랐다. 인도네시아 발리에서 석 달, 태국 파타야에서 두 달 반, 이런 식의 여정이 이어졌다. 선주는 정박료가 싼 마리나에 묵으면서 요트에서 요리를 하고 잠자리를 해결했다. 하루에 몇 시간은 영어 강습으로 돈을 벌고, 나머지 시간에는 정박한 나라의 언어를 배우며 뒷골목을 샅샅이 돌아다니곤 했다.

호주를 떠난 후 3년 동안 노상강도를 다섯 번 당했으나 그의 호주머니와 가방에 든 전 재산을 건네받은 강도는 선주가 가진 가련한 액수에 예외 없이 욕설을 퍼붓고 사라졌다. 바다를 건너다가 두 번은 위험한 풍랑에 휘말렸다. 그중 한 번은 정말로 배가 부서질 것 같아 신께 살려만 준다면 남은 생을 타인을 위해 봉사하겠다고 맹세한 일도 있다고 했다. 하지만 겨우 살아나자 그 때 맹세를 깡그리 잊어먹었다. 인도네시아와 태국과 베트남과 말레이시아와 대만을 거쳐서 여유만만하게 북상하던 선주는 필리핀의 보라카이에서 필리핀 여자를 만났다. 오동통한 그녀는 종일 웃음이 넘쳤고 미풍이 부는 바다를 닮은 쾌활한 성격이었다. 여자에게 마음을 뿌리째 뽑혀 버린 그는 육지의 사랑을 방해하는 요트가 거북하고 성가셨다고 한다. 그는 주저 없이 행동하자는 평소의 생활신조에 따라 요트를 처분하고 여자에게 헌신하기로 작심했다. 그래서 주인과 거친 파도를 넘나들었던 요트는 배신당해 남 사장에게 헐값으로 던져지고 만 것이었다.

남 사장은 모처럼 다가온 기회인 요트를 붙잡았다. 벌여 놓은 사업으로 갚아야 할 돈이 어깨를 짓눌렀으나 오랜만에 만난 요트의 유혹을 이겨내지 못했다. 요트는 탐비산 부두 쪽의 선착장으로 옮겨 와 느긋한 휴식을 즐겼으나 남 사장이 보라카이 섬과 카라바오 섬을 도는 요트 투어 코스를 내놓는 바람에 길게 쉬지는 못했다. 남 사장은 갑판에 장의자 두 개를 고정시켜 선탠을 하거나 조망을 볼 수 있도록 요트를 개조했다. 화이트비치나 블라보그비치에서 카라바오 섬까지 소형 방카로 왕복하는 전세 운임은 한 사람에 2,500페소이다. 현지인들의 방카를 세내서 섬을 다니려면 시끄러운 엔진 소음에다 그에 못지않은 금액을 치러야 했다. 그는 가족이나 예약한 팀을 태워 운행하면서 방카보다 싼 가격을 매겨 오전 시간대에는 6,000페소, 석양 무렵에는 7,500페소를 받았다. 남 사장이 개발한 요트 투어는 화이트비치의 번잡함과 소란에 지친 한국인 가족 여행객들에게 소문이 났다. 그들은 카라바오 섬의 조용한 백사장에서 휴양을 즐겼다. 바비큐를 굽고 느긋하게 누워서 시간을 보냈으며, 유럽 관광객들처럼 해변에 파라솔을 펴고 긴 의자에 누워 음악을 듣거나 책을 읽는 손님도 있었다. 소형 방카와 전통 돛으로 달리는 파라우를 활짝 세일을 펼친 요트로 압도하며 보라카이 섬을 도는 일정도 색다른 운치가 있어 관광객들에게 인기가 높았다.

그러나 남 사장이 요트 투어에 집중하자 수리소가 제대로 돌아가지 않았다. 어민들은 남 사장 처남의 수리 솜씨를 미더워하지 않아 남 사장이 돌아오는 때에 맞추어 배를 몰고 왔다. 남 사장이 선박 수리에 매이자 요트는 다시 부두에서 쉬게 되었다. 요트 투어를 운용할 처가댁 식구가 없었고 무엇보다 그들은 관광객과 한국어가 통하지 않았다.

선박 수리와 요트 관광으로 눈코 뜰 새 없던 남 사장에게 한 가지 묘안이 떠올랐다. 바로 손태성이다. 한국에 있는 손태성이 "저더러 보라카이로 오라고요? 거긴 뭐가 좋습니까?"라고 물으면 그를 설득할 만한 대답도 준비되어 있었다. 손태성은 남 사장과 요트로 요코하마에서 부산까지 오는 국제항해를 경험해 본 적이 있다. 그런 그에게 보라카이 섬 주변의 운행은 그다지 어렵지 않을 거였다. 남 사장은 그 당시 중고 요트를 일본에서 한국으로 배달하는 일을 하고 있었고 태성은 그의 조수였다. 일본의 마리나에 길게 늘어선 쓸 만한 중고 요트를 한국으로 가져와서 팔면 실속이 있었다. 엔화 환율에 따라 이익이 들쑥날쑥하기는 했지만, 일주일 정도의 시간을 투자한 일치고는 벌이가 나쁘지 않았다. 그러나 요트 배달은 거센 풍랑에라도 붙잡히면 목숨이 위험하기도 해 아무나 도전하는 업은 아니었다.

선주였던 호주인의 열렬한 사랑이 결국 태성의 삶을 한국에서 보라카이로 옮겨놓은 셈이다. 보라카이로 넘어오라는 남 사장의 전화를 받을 즈음 태성은 한국에서 25톤 화물트럭을 운전하고 있었다. 연료를 아끼기 위해 시속 80킬로의 정속으로 운전하며, 모자라는 운행 시간은 야간이나 새벽 운전으로 메웠다. 교통체증 없이 훤한 그 시간의 도로가 좋기도 했다. 새벽녘 안개로 도로가 사라지면 그는 트럭이 허공을 구르지 않는다는 것을 잘 알면서도 자신도 모르게 속도를 늦추었다. 안개 속에서 앞서 달리던 차가 암초처럼 불쑥 튀어나오기도 해서 그는 놀란 가슴을 진정시키곤 했다. 안개등을 켜고 속도를 줄여 한 번씩 경적을 울리면서 달리면 낯선 세계에서 방황하는 유령 같은 느낌이 들기도 했다. 깊은 안개에 화물차와 자신이 점점 젖어버려 차는 엔진을 그르렁대며 겨우겨우 맥맥한 발을 떼는 것만 같았다. 남 사장의 전화를 받으면서 태성은 생각했다.

'그래도 필리핀 생활이 트럭 운전보다는 괜찮겠지.'

태성은 보라카이를 눈부신 해변에 관광객이 북적대는 섬으로만 알고 있었다. 보라카이에 도착하자 황홀한 일몰이 그를 사로잡았던 것은 예상과 같았다. 노을은 하늘을 변화무쌍한 황금색으로 물들이며 바다와 그가 바라보는 필리핀 사람까지 신비하고 의미 있는 존재로 바꿔내었다. 매일 노을을 볼 수 있다면 이곳은 오래 머물러도 좋을 섬이었다.

단층 사무실로 들어서자 남 사장이 탄두아이 럼주를 권하며 모레 오는 장거리 투어 팀이 일주일 일정이라는 말을 건넸다. 그는 궁금한 게 없느냐는 얼굴로 태성을 쳐다보았다. 태성이야 묻고 싶은 내용이 많았다. 태성이 남 사장의 여행업을 전담하게 된 이후 요트 투어는 모두 당일치기로 끝났다. 아침 일찍부터 시작해서 보라카이 북쪽의 롬블론 섬과 시부안 섬을 다녀온 투어가 가끔 있었다. 롬블론 섬에 붙은 작은 섬 록붕과 코브라도를 다니고, 그보다 멀리 떨어진 반톤과 시마라로 가기도 했다. 반톤 섬에는 스페인 식민지 시대에 만든 요새와 고대 무덤, 그리고 인적 드문 백사장의 고요함과 근사한 야외 점심을 즐길 해변이 숨겨져 있었다. 반톤 섬까지 다녀오려면 일정이 빡빡했지만, 새벽에 출발하는 하루 투어로 족했다. 섬들의 해안에는 전문 다이버들이 탐내는 다이빙 포인트가 여러 곳 있었으나 남 사장은 스쿠버 다이빙 투어에는 관심이 없었다. 보라카이에는 스노클링과 다이빙 전문업체가 쫙 깔려 있어 구태여 남 사장까지 끼어들 까닭이 없었다. 장거리 투어를 원하는 손님은 보라카이에 몇 번 들러 이미 속속들이 꿰고 있거나 아니면 판에 박힌 패키지 투어에 진저리를 치는 사람들이었다.

태성이 나무 의자를 남 사장 쪽으로 당겨서 앉았다.

"이번엔 어디로 갑니까?"

"무인도를 가게 될 것 같은……."

"일주일이나요?"

"글쎄. 좀 긴가?"

무인도가 널린 필리핀이지만 작은 섬의 경우 거의 무인도나 진배없는 한적함과 자연을 자랑하는 곳도 많았다. 고객이 무인도를 일부러 선택했다면 사람의 손이 닿지 않은 곳을 원하는지도 몰랐다.

"어디까지 가야 하죠?"

"글쎄. 세미라라 제도와 쿠요 제도에서 머물지도 모르지. 어쩌면 바쿠잇 군도로 가서 팔라완 패시지를 돌아보고 올지도 모르고. 팀 대표가 정확한 코스를 말하지는 않았어. 여행객 본인도 정확하게 어디쯤인지 모르거나 목적지나 코스가 중간에 바뀔 수도 있고."

남 사장도 투어 팀에 대해서 그다지 아는 게 없는 모양이었다. 태성은 탄두아이 럼주를 들이켜고 말없이 앉아 있었다. 요트로 출발해서 무인도를 거쳤다가 늦어도 일주일 안으로 돌아온다는 것이 전부였다. 세미라라와 쿠요 제도는 보라카이에서 팔라완 섬으로 가는 내만에 있었고 그쪽 방향으로도 많은 섬이 깔려 있었다. 팔라완 섬을 지나가면 남중국해로 빠져나갔고 거기부터는 중국과 얽힌 바다였다.

"하필 무인도일까요?"

"나도 물어보고 싶은 말이야. 보라카이까지 와서 무인도라니. 팔자도 좋아. 카이트서핑은 하지 않아도 화이트비치는 밟고 가겠지. 걱정 마. 비경이나 희귀한 생물을 찾거나 끽해 봐야 마약밖에 더하겠어? 그것도 나쁘지 않지."

"나 혼자 폭풍을 만나면 감당이 될까요?"

"재주껏 피해 나가고 미리 대비를 해야지."

"퍽도 도움이 되네요. 그러다 유령선이라도 만나면요?"

남 사장은 시대에 어울리지 않는 유령선 얘기에 진지하게 대답했다.

"그건 오히려 괜찮지. 유령이라도 부닥치면 어쩌다 그 꼴이 됐는지 사연도 들어보고 말야."

남 사장이라면 유령과도 술잔을 건네며 대화가 가능할지도 몰랐다. 남 사장은 걱정하지 말라며 보라카이의 저녁노을을 닮은 편안한 웃음을 지었으나 태성은 지나치게 태평스러운 웃음이 아닌가 싶었다. 남 사장은 자신의 아버지도 태평했다고 늘 말했었다. 그의 아버지는 어린 그를 보호시설에 맡겨놓고도 걱정하지 않았고, 하루를 벌어 당일을 겨우 먹고살아도 찌들거나 기가 죽지 않았다고 했다. 그의 아버지에게 삶이란 그저 하루하루를 편안하게 견뎌내는 것에 불과한 익숙한 물체에 다름 아니었다.

태성은 남 사장과 같이 도쿠시마에서 부산까지 운항했던 기억을 떠올렸다. 이벤트 34피트 요트는 어물상을 운영하는 분이 낚시 친구들과 연안에서 탈 용도로 구매했던 것이었다. 선주는 요트를 사기로 마음먹자 물건을 빨리 보고 싶어 안달이었다. 그는 일본의 남 사장에게 여러 차례 전화를 내서 도착 날짜를 물어보고는 재촉하는 것은 아니니 부담 갖지 말라는 말을 덧붙였다.

새벽 두 시쯤, 요트가 세토 내해의 밤바다를 지나면서 남 사장이 잠시만 눈을 붙이겠다며 선실로 들어갔다. 남 사장은 감기에 몸살이 겹친 상태였다. 그는 태성에게 조금이라도 이상이 있으면 바로 자신을 부르라며 당부를 거듭했다.

태성은 전방을 확인하며 방향을 잡았다. 300도 방향으로 코스를 정한 요트는 뭉쳤다가 풀어지는 밤안개를 뚫고 꾸준하게 나아갔다. 무릎을 꿇은 짐승의 그림자처럼 내해를 채운 섬들이 멀리서 나타났다가 천천히 뒤로 물러갔다. 태성은 플라스틱 박스로 간이의자를 만들어 엉덩이를 걸치고는 바다를 바라보았다. 내해의 파도는 굴곡 없이 평온했고 바다는 자신의 몸을 가르는 배를 적대하지 않고 포근하게 받아들였다. 엔진의 규칙적인 진동도 안온하게 들려 태성은 바다가 품어주는 부드러운 기운에 휩싸였다. 태성은 박자를 맞춰 들리는 엔진 음과 초여름 밤바다의 온화한 기운에 고개를 끄떡대었다. 그러다 오른손으로 왼 팔뚝을 멍이 들도록 꼬집고는 정신을 차린 뒤 다시 몽롱한 상태로 빠져들었다. 그러다 짧은 졸음을 깼지만, 바다는 여전히 평온한 그대로였다. 배는 똑같은 자세로 조금 더 나아갔을 뿐이었다. 몇 차례 같은 과정을 되풀이하자 졸음을 막는 빗장이 헐거워졌다. 태성이 그를 껴안는 수마에서 탈출하려 머리를 흔들었지만 잠은 의식 속으로 부드럽게 들어와서 구석 자리를 잡고는 눈치를 보다가 일어나서 슬슬 걸음을 옮겼다. 그는 마침내 고개를 끄덕대며 까무룩 졸고 말았다.

그런 중에도 정신의 한 가닥은 들려오는 파도 소리와 빛을 완전히 놓치지는 않았다. 태성은 눈꺼풀을 때리는 빛에서 불길한 기운을 감지했다. 눈을 뜨자 태성의 곁에 붉은 등을 번쩍거리며 검은 물체가 묵직하게 서 있었다. 갑자기 얼굴을 들이민 부표는 졸음에서 막 깨어나서인지 무섭도록 커 보였고, 태성은 손을 타륜에 올린 채로 부표를 향해 똑바로 달려가고 있는 상황이었다. 등줄기가 섬뜩했다. 그가 본능적으로 배를 왼쪽으로 꺾자 몸을 틀던 요트의 오른쪽 뱃전이 부표의 옆구리에 탕 하고 부딪쳤다. 요트의 충돌 면을 따라 시커먼 자국이 생겼다. 남 사장이 선실에서 후다닥 뛰어 올라와서 멀어지는 부표를 쳐다보았다. 붉은 등의 부표는 해저에 설치해서 해면까지 사슬로 연결하여 띄운 표지판이었다. 놈은 충돌에도 아랑곳없이 흔들리며 붉은 불빛을 쏘아대었다. 다행스럽게도 암초를 표시한 부표가 아니라 항로를 나타내는 부표였다.

태성이 일본에서 일어났던 부표 충돌사건을 돌이키며 혼자 가는 항해의 두려움에 대해 말했으나 남 사장은 가벼운 사고를 여태껏 맘에 담아두었냐며 귀담아듣지 않았다.

"그게 무슨 사고까지 된다고……. 난파 정도는 돼야지."

남 사장은 무인도 투어 팀이 자신의 업체를 선택한 사실에 흡족해했다.

"내가 생각했던 요금보다 두 배를 더 주겠다고 했어. 투어 요금을 한국 기준으로 계산한 모양이야."

태성은 의아했다. 인터넷에 숙소와 자세한 금액까지 기재한 여행기와 정보가 넘치는 세상이라 보라카이를 찾는 사람들은 대략적인 요금을 알고서 들어왔다. 장거리 요트 투어가 드물기야 하지만 그래도 두 배를 주기까지야.

"여기는 소개를 받은 모양이죠?"

"팀 대표가 컴퓨터 회사의 간부급 엔지니어야. 투어를 다녀간 금융권 사람에게 소개를 받았다던데."

남 사장은 입소문이 난 투어에 흐뭇한 얼굴이었다. 요트 투어는 요트를 탄 손님들과 네트워크를 다지고 입소문을 내는 것도 목적이었다. 남 사장은 조종실에 미니 화로를 올렸다. 선박에서 불을 피우는 행위는 안전과는 거리가 멀었지만 지루해 하는 승객들을 위해 어쩔 수 없었다. 승객들은 풍요로운 햇빛에다 싱그러운 바람과 어울려 늘어지게 하품을 하곤 했다. 아름다운 바다라도 지나치게 고요하면 한국인들은 읽던 책을 덮어버리고 음악을 꺼버리는 건 다반사였다. 그들은 요트에 고기 연기를 내고 술을 마시며 시끌벅적하고 조금은 위험하게 갑판을 나다니는 여행에 길들어 있었다. 거기에 카라바오 섬의 한적한 해변에서 봉지를 뜯어 라면을 끓여 먹고 바비큐에 소주를 곁들이면 최고로 만족해했다. 그러면 손님들은 제대로 쉬고 있다는 기분에 목소리가 높아지면서 떠들썩대며 함께 어울렸다.

그러나 이번 장거리 투어는 기존 코스와 달리 상당한 일정이 날씨와 바람에 따라 정해질지 모를 형편이었다. 남 사장은 불확실함이나 우연을 피하지 않았다. 그는 장거리 항해를 다니면 부딪치기 마련인 우연한 사건을 즐기기까지 했다. 그가 한때 일본에서 한국까지 요트를 배달하는 특이한 직업을 택한 것도 그런 기질 탓이 컸을 것이다. 매사에 낙천적인 남 사장은 이전에도 낯선 직업에 잘 적응해왔다. 그가 아는 사람의 소개로 마닐라의 중심가인 마카티에서 노래주점을 관리할 때는 성미 급한 한국인 사장을 대신해 필리핀 종업원들을 다독이기도 했다. 사장이 모두가 모인 자리에서 웨이터와 여종업원을 야단치면 그가 사장을 직접 막아섰다.

"필리핀 사람을 공개적으로 모욕 주면 큰일 나. 자존심이 세거든."

그러다 그는 종업원의 소개로 우연히 보라카이 섬으로 흘러들어 왔다. 필리핀 여자를 아내로 맞아 식당을 열고 방카를 사고 선박을 수리하면서 보라카이에 눌러앉게 될 줄은 그나 아내나 모두 예상하지 못했으리라.

그가 한국에서 번 돈을 몽땅 털어 보라카이로 거처를 옮기자 주위에서 실패를 대비해서 자금을 남겨 놓으라며 만류했다. 필리핀 아내와 처가의 어디를 믿고 맡기냐며 자기 사업처럼 흥분해 따지는 사람도 있었다. 그는 걱정과 충고를 싱긋 웃으며 한걸음에 넘겨버렸다. 남 사장은 빈털터리가 되면 가볍게 새로 시작하면 된다는 생각이었다. 그러면 우연의 신이 그를 신천지로 데려다주리라. 남 사장은 우연이 없다면 삶은 철도 레일처럼 따분하기 짝이 없다고 말하곤 했다. 출발지와 도착할 곳이 정해져 있고, 이동하는 날짜도 결정되어 있으며, 중간에 둘러볼 곳도 빤하면 설령 절경이 펼쳐져도 재미없고 지겨운 여행에 불과하다는 소신이었다. 더구나 삶은 한번 뿐이지 않은가.

태성도 뜻밖의 일이 가져다줄 파괴력을 두려워하지는 않았다. 그러나 태성은 남 사장의 대담함이 불안스레 여겨지기도 했고 어떨 때는 대책 없는 낙천성이 걱정스럽기도 했다. 남 사장의 처가 사람도 남 사장만큼이나 미래를 걱정하지 않는 밝고 희망적인 성격이었다. 필리피노의 삶을 좌지우지하는 파도와 바람과 구름은 사람이 아무리 속을 태워도 끄덕하지도 않고 제 갈 길을 가버리는 존재였다. 삶은 그들에게 안달의 대상이라기보다 유쾌하게 지켜봐야 할 대상이었다.

태성은 새벽에 안개 낀 도로를 운전할 때마다 바다를 달리는 기시감에 사로잡히곤 했다. 망망대해에 갇혀 땅과 하늘의 경계가 사라지는 기묘한 느낌은 남 사장과 함께 바다를 달렸던 경험과 맥이 닿아 있었다. 도로의 희뿌연 가로등은 멀리서 반짝이는 선박의 항해등을 닮았고 안개 사이로 사라지는 길은 저녁 어스름에 모습을 감추는 섬을 떠올렸다. 운전석에 혼자 앉아 있으면 길은 지독히도 외로워 보였다. 이번에는 익숙한 보라카이를 떠나 장거리로 무인도를 찾는 투어였다. 승객들을 책임지는 선장은 남 사장이 아니라 태성 혼자였다. 아무리 멀리 가도 어쨌든 따뜻한 날씨의 필리핀일 거라며 그는 마음을 다독였다. 그래도 항로와 목적지가 정해지지 않은 낯선 곳을 달려가는 긴장감은 줄어들지 않았다.

2

무인도 투어를 시작하는 날이었다.

'오늘이군.'

태성은 중얼대며 면도날을 턱으로 가져갔다.

'무인도라니! 도대체가!'

팔라완 섬 부근의 몇 곳을 떠올리며 멈칫하는 사이에 삼중 면도날의 끝이 입술을 스쳤다. 날은 워낙 날카로워 입술이 아리며 비릿한 피 맛이 느껴졌다. 목을 타고 흐르며 러닝을 붉게 물들인 피는 휴지를 몇 장 뭉쳐서 입술을 누르자 겨우 멈추었다. 거울을 들여다보니 검붉은 덩이가 아랫입술을 가로질러 엉켜 있었다.

낮에 도착한 투어 팀은 여자 하나, 남자 둘로 모두 세 명이었다. 일로일로에서 아침 버스를 타고 카티클란까지 넘어와서 보라카이로 들어온 모양으로, 한국인 관광객들은 거의 택하지 않는 코스였다. 대부분의 관광객들은 마닐라나 세부에서 카티클란이나 칼리보 공항을 거쳐 들어왔다. 태성은 투어 팀과 악수를 나눴다. 40대 중후반의 리더로 보이는 박순익은 균형 잡힌 몸매로 중키에 몸놀림이 민첩했다. 오장욱으로 소개한 남자는 젊었지만 머리숱이 적고 얼굴이 둥글며 배가 불룩했다. 앞으로 나온 아랫배나 두꺼운 허벅지와 어울리지 않게 가슴과 팔이 연약해 마치 두 개의 이질적인 몸체를 붙여 놓은 것 같았다. 성주연이라며 자신을 소개한 여자는 갸름한 얼굴에 늘씬한 미인이었다. 그늘진 표정이었으나 사람의 눈을 끄는 매력이 반짝거렸고 어딘지 모르게 만만하지 않은 분위기였다.

박순익은 태성에게 바로 출발하자고 했다. 태성이 놀라서 되물었다.

"화이트비치 안 들르고요?"

태성은 박순익에게 화이트비치가 트라이시클로 얼마 걸리지 않는다며 부두에서 가까운 거리임을 강조했다. 박순익은 무심하게 고개를 저었다. 보라카이에 발을 디뎠으니 이제 충분하다는 얼굴이었다. 이윽고 순익은 선착장을 힐긋 살펴보았다. 그는 뭔지 모르지만 다급한 목적에 마음을 뺏겼는지 젊은 선장과 배의 상태에 대해서도 그다지 관심이 없었다. 무덤덤한 목소리가 이어졌다.

"떠납시다."

태성이 요트에서 승객들의 짐을 받아 올렸다. 여느 관광객들과 달리 투어 팀은 말수도 적고 들뜬 표정도 없었다.

'이상한 팀이군.'

태성은 불현듯 아침부터 자신이 혼잣말을 여러 번 했다는 사실을 깨달았다.

오장욱이 헉헉대며 대형 배낭과 캐리어를 실어 올렸다. 태성은 1주일 투어를 위한 짐치고는 지나치게 많은 장욱의 가방에 놀라서 물었다.

"이게 다 뭡니까?"

"사후 세계와 환생을 다룬 고대 이집트와 티베트 책이지요."

"사후 세계라고요? 이 책들을 다 읽는다고요?"

태성은 어이가 없었다.

"부피야 전자책이 작지만 싱거워서요. 간이 안 맞는 국 같지 않나요?"

"나머지는 뭡니까?"

"요리 재료와 뜨개실과 술이죠."

"뜨개질을 어디에서 하려고요?"

열대의 해변에서 뜨개질하는 모습을 떠올리며 태성이 뜨악해 하자 장욱은 시간을 보내기에 좋다고 시원하게 답했다.

"시간을 알차게 보내는 데는 목공과 뜨개질이 최고예요. 노력하면 들인 공에 맞춤한 물건이 남거든요."

박순익은 28리터 배낭 하나가 전부였고 성주연은 배낭과 캐리어를 각각 하나씩 선실로 올렸다. 엔진 수리를 하다 나온 남 사장이 태성의 입술에 난 상처를 보고 물었다.

"웬 상처냐?"

"한눈팔다 베였어요."

그가 태성의 어깨를 두드리며 말했다.

"걱정 마. 저 사람들의 선택도 고민하지 말고."

"걱정보다도 뭔가 정해진 게 없으니까요."

"잘 풀릴 거야. 일이 꼬이면 좀 더 기다려 보고."

남 사장이 싱긋이 웃으며 승객과 악수를 나눴다. 그는 심지어 박순익에게 행선지가 어디냐고 묻지도 않았다. 무인도라는 목적지 자체가 분명히 존재하는 곳이면서도 따져보면 애매하기 짝이 없었다. 헌터호의 조종실에서 태성이 시동을 걸었다. 태성은 선착장의 오장욱에게 요트를 맨 로프를 풀어서 갑판 쪽으로 던져놓으라고 말했다. 그리고는 요트의 마스트에 연결된 슈라우드 줄을 붙잡고 반동을 이용해 슬쩍 올라타라고 요령을 알려주었다. 시동이 걸렸는데도 장욱은 낑낑대면서 로프에 매달려 있었다. 남 사장은 도움 대신에 흥미로운 얼굴로 애를 쓰는 장욱을 지켜보고 있었다.

"매듭이 안 풀려요!"

태성이 방법을 일러주었다.

"매듭 중간 부분을 옆으로 젖히세요."

그러나 장욱은 매듭을 이리저리 주무르면서 풀어내지를 못했다.

"무슨 매듭이 이래! 단단하게 묶였다니까요!"

성주연이 내려가서 기둥 세 곳에 묶인 로프를 풀어내고는 오장욱이 탈 때까지 로프를 잡아당겼다. 태성은 재빠르게 배의 옆구리에 내려졌던 보호장비인 펜더를 걸어 올렸다. 주연은 조종실 쪽으로 날렵하게 올라탔으나 급히 요트에 오르던 오장욱은 라이프라인에 발이 걸려 휘청하며 바다에 빠질 뻔했다.

태성이 타륜을 잡았다. 헌터호의 타륜은 커다란 자동차 핸들을 닮았지만 휠의 두께가 얇아 손에 착 감겨들었다. 헌터 35호는 선착장에서 조심스레 발을 뗐다. 탐비산 부두를 벗어나자 행선지를 정하지 못해 배가 뱃길을 더듬었다.

"무인도로 간다고 하셨죠."

태성이 거듭 확인하자 박순익이 당연하다는 어조로 그렇다고 했다.

"카라바오 섬에 먼저 들르시죠. 점심도 드셔야 하니까요."

순익이 태연하게 고개를 끄덕였다. 보라카이에서 멀어지자 태성은 속도를 올렸다. 배와 멀어진 보라카이는 윤곽이 희미한 언덕과 숲으로 뭉쳐서 평범하고 단순한 모습으로 변하고 말았다. 섬은 구름 사이를 뚫고 쏟아진 햇살에 젖어 마치 몸을 웅크린 짐승처럼 보였다. 카이트서핑과 요트가 끄는 낙하산에 매달려 높은 하늘을 떠도는 패러세일링이 한창이었다. 투어 승객들은 조종실에 앉아서 멀어지는 보라카이를 조용히 바라보았다. 성주연은 핸드레일을 붙잡고 크기가 줄어드는 섬을 향해 오래도록 손을 흔들었다.

순익은 타륜을 잡은 태성의 곁에 섰다. 그가 태성 옆에 바짝 당겨 서자 순익의 단단한 몸이 태성의 어깨에 부딪쳤다. 순익은 한 걸음 물러나서 초록에서 짙은 파랑으로 변하는 바다를 말없이 지켜보았다. 구름이 짙어지며 5월 하순의 스콜이 한바탕 지나가자 일행은 갑판에 서서 열대의 비를 그대로 맞고 있었다. 마치 스콜이야 오래지 않아 지나간다는 사실을 몸으로 아는 것처럼 보였다. 흥분이나 즐거움이 넘치는 평소의 요트 투어와 사뭇 다른, 착 가라앉은 분위기가 조종실에 감돌았다. 태성은 투어를 나서기 전에 심심풀이로 본 오늘의 운세가 떠올랐다. '귀인이 찾아오니 힘써 움직여라'였던가? 배의 방향을 틀면서 그는 승객들이 귀인일까 하고 생각해보았으나 아무래도 거리가 먼 것 같았다.

카라바오 섬의 작은 선착장에 도착하자 고목 그늘에 앉은 노파의 모습이 눈에 들어왔다. 몸통의 한쪽이 말라 죽어서 고목의 시커먼 속살이 보였지만 가지의 잎은 여전히 울창했다. 백발을 등허리까지 늘어뜨리고 주름이 자글자글한 얼굴의 노파는 고개를 돌려 이방인을 관찰하는 눈길을 보냈다. 오늘따라 섬에는 사람들이 별로 보이지 않았고 해변 길을 따라 어민 두 사람이 그물을 챙기고 있을 뿐이었다. 갑자기 뒤에서 노파의 고함이 들렸다.

노파는 의자에서 일어나 큰소리를 내며 지팡이를 박순익에게 흔들었다. 태성이 돌아가서 진정시키려고 했으나 할머니는 좀처럼 자리에 앉지 않았다. 할머니는 태성의 짧은 타갈로그어 실력으로는 알아들을 수가 없는 말을 계속해서 쏟아내고 있었다. 태성이 순익을 할머니에게서 떼내어 해변으로 향했다.

"도대체 왜 저러는가요?"

"이름을 하나 아느냐고 물었어."

"무슨 이름을 물었기에……."

순익이 더는 대답을 하지 않았다. 이상한 일이었다. 뭘 물었기에 저렇게 할머니가 감정이 격해졌을까. 태성이 카라바오 섬의 구석 해변에서 바비큐를 굽겠다고 했으나 순익은 거절하면서 저녁에 먹겠다고 말했다. 그들은 보라카이의 번잡함과 대비되는 고요한 해변을 잠시 걷다가 한참을 바다를 향해 서 있었다. 승객들은 보라카이와 가까이 붙은 섬이라서 그다지 좋아하지 않는 것 같기도 했는데, 하기야 무인도는 사람의 발길이 닿지 않고 적요해야 제맛이 나는 곳이니 말이다. 야자나무가 해변을 향해 쓰러진 곳에서 태성이 순익에게 말했다.

"어느 쪽 섬으로 갑니까?"

"백사장이 깔린 남쪽의 무인도를 찾아봅시다."

"백사장이 필요합니까? 무인도에 가서 뭐하시게요?"

"방향이 더 중요해요. 남쪽이죠."

오리무중의 섬이었다. 승객들이 찾는 무인도가 쉽게 나타날까? 사람이 살기 어려운 곳이어서 무인도였다. 샘이 솟지 않고, 농토를 일구지 못할 가파른 땅이거나 배를 대지 못할 암벽으로 둘러처진 곳이었다. 순익이 하늘을 가리켰다.

"바닷새가 많네요."

태성이 하늘을 올려다보았다.

"예전부터 새가 많은 섬이죠."

"한국의 괭이갈매기는 공격적이라서 싫었지. 아들도 좋아하지 않았고."

"아드님과 바닷가에 자주 갔었나 보죠?"

"아들이 어렸을 때 갯벌이나 바닷가를 같이 다녔어. 걔가 가장 좋아한 새가 부리와 다리가 빨갛고 붉은 눈 테를 지닌 검은머리물떼새였지. 검은머리물떼새가 조개와 갯지렁이를 좋아하고 무인도에도 산다고 들었거든."

"여느 새라도 무인도를 좋아할 것 같네요."

"맞아. 바닷새들은 넓은 갯벌을 좋아하지. 먹이가 무진장 넘치니까."

"좋았겠어요. 아들과 함께 다니면."

"한때는 그랬지요."

태성은 카라바오 섬을 떠나 내만의 세미라라 제도를 목표로 잡았다. 그쪽을 지나가면서 쿠요 제도를 거쳐 팔라완 섬의 엘니도로 방향을 틀면 멋진 투어 일정이 될 수 있을 것 같았다. 엘니도에서 조금만 가면 바쿠잇 군도가 나왔다. 외딴 해변들과 태고의 자연을 간직한 석호, 수려한 바위섬들이 여행자를 기다렸다. 바쿠잇 만은 성대한 석회암 절벽과 야자수가 늘

어선 모래사장, 아름다운 산호초 지대가 마음을 움직이는 곳이다. 남 사장 가족과 어울려 요트로 엘니도와 바쿠잇 군도를 다녀온 적이 있었다. 떠들썩하고 문명의 때가 묻은 보라카이와 다르게 진정한 원시의 조화가 남은 곳으로, 무인도를 찾는다는 손님들도 좋아할 곳이었다. 태성은 요트에 탄 여행객들이 무인도에서 뭘 하든 관심이 없었다. 무인도에 관한 소설이나 드라마 대본을 만들 수도 있고, 예능 프로의 사전 조사일 수도 있었다. 그들이 밤에 별 사진을 찍든, 섬의 식생을 알아보든 그가 관여할 바가 아니었다. 태성은 손님들이 지나치게 무모한 요구를 하지 않아서 마음이 놓였다. 혹시 듣도 보도 못한 좌표를 찍어서 가자거나 무인도의 동굴이나 다이빙 포인트를 개척한다고 나대는 모험가 스타일이면 곤란했다.

태성은 메인 세일을 올리고 엔진의 속도를 올렸다. 바람이 세지 않아 그런지 세 사람 모두 그다지 뱃멀미를 하지는 않았다.

"모두 바다에 강한 체질이네요."

태성이 말하자 장욱이 자신의 솟아오른 배를 손으로 두들기며 말했다.

"다른 분은 모르겠지만 난 값싼 중고 제품이라서."

주연이 말했다.

"나도 고급제품은 아니야. 진정한 고급이라면 장공진 박사의 목공소에 갔겠어?"

장욱이 말했다.

"그 말을 들으니 장 박사의 목공소에 다시 가고 싶네. 평화로운 장소였죠."

태성이 물었다.

"같이 목공을 하신 모양이죠?"

오장욱이 고개를 끄덕였다.

"장공진 박사라는 분은 목공 전문가였어요?"

"아. 그분은 로봇공학자였죠. 목공은 취미 겸 봉사활동으로 했고요. 우린 모두 그분의 목공소를 함께 다녔어요."

"로봇과 목공은 다소 이질적인데요. 최첨단 과학과 원시적인 나무의 조합 말입니다."

태성이 예사롭게 말했다.

"바로 보셨네요. 장 박사님의 매력이 바로 그거랍니다. 현대 과학과 순수한 자연과의 소통 말이지요."

그렇게 말하는 오장욱의 얼굴에 미소가 떠올랐다.

"어떤 분인지 한 번 만나보고 싶네요."

"글쎄요. 인연이 되면 만날 수도 있겠지요."

장욱이 점심을 준비하겠다며 주연에게 뭘 먹고 싶은지 물어보았다.

"아름다운 바다에 취해 배가 고프지 않은데요."

장욱이 쪽빛 맑은 바다를 바라보더니 바다는 별 관심 없다는 투로 답했다.

"맛있는 점심을 먹으면 바다가 더 멋져 보일 겁니다."

"그럴까요?"

장욱은 어깨를 으쓱 올리며 말했다.

"식사메뉴를 고르는 건 인생에서 몇 안 되는 자유지요. 우리가 자유롭다고 하지만 그건 착각이 아닐까요. 태어나서 죽음까지 철로처럼 한 방향의 길을 걸어가면서 고정된 길에서 벗어나기란 거의 불가능해요."

그는 선실로 내려가 배낭과 캐리어를 열어젖혀 요리재료를 끄집어냈다. 장욱이 선실 계단을 통해 큰소리로 말했다.

"요트에 냉장고가 있다는 걸 깜빡했네. 괜찮은 재료를 더 채울 수 있었는데 말이야."

"지금 갖춘 재료만으로도 요리의 천국까지 가뿐하게 갈 것 같은데요."

그는 빵에 야채와 오이를 넣고 닭고기에다 키위 드레싱을 뿌린 샌드위치와 포도 주스를 내놓았다. 후식으로 바나나를 꺼내고 홍차를 끓여 냈다. 장욱은 흰 바탕에 코발트색 띠를 두른, 받침까지 갖춘 잔을 두 세트 꺼내서 박순익과 성주연에게 홍차를 따라 주었다. 바다를 달리면서 준비된 점심에다 차까지 나오자 둘은 황송해 하며 잔을 받아들었다.

카라바오 섬을 떠난 지 세 시간이 지났다. 조타실에 서서 앞을 바라보던 박순익이 몸을 돌려 태성에게 왔다.

"술루 해로 갑시다."

그는 필리핀 바다를 잘 아는 것처럼 말했다.

"쿠요와 카가얀 제도를 거쳐 카가얀술루 섬으로 방향을 잡읍시다."

그곳은 남쪽의 말레이시아 방향이었다. 필리핀 내해를 가로질러야 하는 곳이다. 흔히 관광객이 많이 찾는 팔라완 섬이나 바쿠잇 군도와는 동떨어진 방향으로 운항 거리도 만만찮은 데다 섬도 많지 않았다.

"일반인들은 가지 않는 곳인데 어떻게 그곳으로?"

해도를 꺼내 당황스럽게 항로를 그려보는 태성에게 그는 자신 있게 말했다.

"가 본 사람이 있지."

"가 본 사람이 있다고요?"

"그렇소."

태성은 이들이 원하는 곳이 어떤 곳인지 가늠하기 어려웠다.

"그곳에 목적지가 있습니까?"

"목적지?"

박순익이 웃음을 머금은 채 일행들을 둘러봤다. 순익을 바라보는 일행들의 표정이 묘했다. 그들 간에 나누는 눈길에서 태성은 알 수 없는 거리감을 느꼈다. 예컨대 그것은 그들끼리만 아는 정보에서 태성만이 소외되고 있는 기분이면서 그들이 공유하고 있는 내용도 매우 기분 나쁜 어떤 것으로 읽혔다.

"일단 이곳으로 갑시다."

박순익이 안주머니에서 종이 한 장을 꺼냈다. 손으로 그린 섬의 약도였다.

"뭡니까? 이 지도는?"

"우리들이 가려는 곳이오."

태성은 차분히 약도를 판독하려 했다. 중앙에 산이 있고 길게 휘어진 섬으로, 섬의 이름도 주변 해역도 표시되어 있지 않았다. 이때 오장욱이 슬금슬금 태성 가까이 다가와서 옆에 붙어 섰다. 오장욱의 태도에 태성은 기분이 좋지 않았다. 태성이 두 남자에게 눈을 떼어 주연을 바라보자 그녀는 태성의 눈길을 피했다.

"그러니까 지금 손님들이 말하는 건 처음부터 확실한 어떤 곳을 목적하고 있다는 것 아닙니까?"

박순익과 일행은 묵묵히 서 있었다. 태성은 이들이 뭘 원하는지 의심부터 들었다. 그는 찬찬히 손님들을 살펴보면서 그것이 무엇이든, 그에게 숨기는 뭔가가 분명히 도사리고 있다고 판단했다. 태성이 조금 언성을 올렸다.

"사무실에서는 왜 이런 얘기를 하지 않았죠?"

"난 복잡한 건 싫으니까."

"이건 곤란합니다."

"그럼 어떻게 하겠다는 겁니까?"

"사무실에 보고하고 승낙이 떨어지지 않으면 회항해야 합니다."

"흠. 까다로운 선장이군."

박순익이 내키지는 않지만 후한 인심을 쓴다는 것처럼 말했다.

"좋소. 우리가 양보할 테니 쿠요 제도까지 일단 가 보자고. 그리고 다시 의논해 봅시다."

쿠요 제도는 보라카이에서 부지런히 달리면 한나절쯤 걸리는 110킬로 남짓한 거리였다. 쿠요 제도에서 서쪽으로 나가면 아름다운 라군들이 펼쳐진 바쿠잇 군도와 엘니도가 기다렸다.

"알겠습니다."

태성은 천천히 타륜을 돌렸다.

3

요트 앞에서 전방을 감시하던 주연이 소리쳤다.

"LNG 선이에요."

옆구리에 LNG를 새기고 선체 상부를 직사각형의 탱커가 덮은 선박이 바다를 가로질렀다. 태성은 요트의 속도를 늦춰서 선박이 지나가도록 기다렸다. 주연이 물었다.

"어디로 갈까요."

장욱이 자신 있게 말했다.

"마닐라겠지."

주연이 멀어져가는 LNG선을 바라보며 말했다.

"믿을 수가 없군요. 저 커다란 배에 실린 가스로 요리를 하고 물을 데웠다니. 반세기 전만 해도 꿈도 꾸지 못할 일 아닌가요."

장욱은 당연하다며 말했다.

"세상은 믿지 못할 일로 차 있죠. 우리가 필리핀의 섬을 찾아오다니 그것도 생각지도 못할 일 아닌가요."

장욱이 선실에서 위스키를 들고 와서 승객과 태성에게 한 잔씩 돌렸다. 배를 몰 때는 술을 입에 대지 않는 태성은 잔을 거절했다. 그가 한 잔은 괜찮다며 다시 권하는 바람에 태성은 마지못해 잔을 받아 들었다. 장욱이 잔을 들고 외쳤다.

"우리의 바다를 위하여!"

승객들은 단숨에 술을 털어 넣었다. 장욱이 다시 술을 승객들에게 따랐다. 배가 흔들리는 바람에 주연에게 잔을 따르던 장욱이 휘청대자 그는 조타대의 손잡이를 잡고서 균형을 잡았다. 취미로 희곡을 썼다는 오장욱은 술잔을 들고서는 바다를 향해 소리 높여 독백하기 시작했다.

"우리의 여흥은 이제 끝났네. 이 배우들은.

내가 자네에게 말했듯. 모두 정령들이었어. 그리고

공기 속으로 녹아 버렸지. 희미한 공기로.

그리고 이 광경의 바탕 없는 구조물처럼,

구름 모자를 쓴 탑들, 거대한 지구 자체도,

그래, 그것을 소유하는 그 모든 것들도, 용해되는 거라네.

그리고, 이 실체 없는 볼거리가 사라지듯,

구름 한 줌 남기지 않는 거라네. 우리는

꿈의 재료야. 우리네 삶은

잠으로 둘러싸여 있고 말야."

오장욱은 한껏 들이마신 호흡을 끊으며 낭랑하게 낭송했다. 두툼한 목에서 빠져나온 목소리가 탁 트여 쭉 뻗어 나갔다.

"셰익스피어의『템페스트』에 나오는 구절이죠."

"근사한 대사지만 슬프네요. 우리가 꿈의 재료에 불과한 존재라니."

주연이 섬에서 빠져나오자 오히려 생기를 찾기 시작한 듯 말했다. 그러다 시선을 태성에게 돌리며 요트 조종하는 방법을 배우겠다고 말했다.

"어렵지 않죠. 시작할까요?"

태성은 타륜의 수동 조종과 오토파일럿으로 돌려 사용하는 방법, 윈치를 사용해서 메인세일과 보조 돛인 헤드세일을 펼치고 감는 요령을 가르쳤다. 윈치로 돛에 연결된 로프를 풀자 순식간에 헤드세일이 펼쳐졌다. 오장욱도 다가와서 손으로 조작해보았다. 타륜은 수동에서 오토파일럿으로 돌려놓으면 자동으로 정한 방향을 따라 움직였다. 수동으로 조작할 경우 키를 자이로스코프 나침반에 나타난 방향각에 맞춰서 돌렸다. 태성이 로프를 묶는 몇 가지 매듭을 보이자 따라 한 주연이 좌석의 손잡이에 매듭을 지었다.

"제대로 묶었나요."

"맞아요."

태성이 주연이 맨 매듭을 잡아당겼다.

"바르게 묶으면 아무리 당겨도 풀리지 않죠. 배를 붙들어 맨 로프가 풀려 버리면 배는 바로 표류합니다. 빨리 배우시네요."

태성이 메인세일에 연결된 윈치를 풀자 주연은 능숙하게 로프를 조절하며 세일을 펼쳤다. 바람이 적당히 불어와서 태성은 엔진을 끄고 헤드세일도 풀었다. 주연이 헤드세일을 푸는 윈치를 돌려 로프를 풀고서는 윈치에 로프를 팽팽하게 감아서 고정시켰다.

주연이 태성을 대신해서 타륜을 잡았다. 그녀는 수동으로 키를 조종하며 파도가 닥친다 싶으면 요트를 슬쩍 옆으로 비켜 파도를 타 넘었다. 한참이 지나서 그녀는 오토파일럿을 작동하고는 타륜이 스스로 키에 맞춰 각도를 잡는 모습을 쳐다보았다.

태성이 말했다.

"요트를 잘 움직이네요."

"그러게 말이에요. 체질에 딱 맞는 것 같아요."

아닌 게 아니라 주연은 먼 바다로 나갈수록 날렵하게 갑판을 뛰어다녔다. 바람의 방향과 속도를 살펴서 세일이 팽팽하게 바람을 안도록 세일과 연결된 로프를 움직여서 조정했다. 주연은 바닷바람에서 생기를 마셔 신이 났다가 언제 그랬냐는 듯이 갑자기 침울해져 갑판에 주저앉아 뱃전을 때리는 파도를 묵묵히 바라보곤 했다.

태성은 주연을 어디선가 만난 것만 같다는 묘한 기시감에 사로잡혔다. 그는 배를 몰면서 그녀를 만났음직한 장소를 찍어 보았다. 그가 다녔던 일터는 아름다움과는 거리가 먼 곳뿐이라 머리를 짜내도 그녀처럼 눈에 띄는 미인을 만난 곳이 있을 리 없었다. 하지만 어디선가 본 느낌을 떨쳐버릴 수가 없었다. 주연이 돛의 기둥을 붙잡고 팔을 쭉 뻗어 올리자 맵시 있는 몸매가 두드려졌다. 우아하고 절도 있는 주연의 동작이 아무래도 낯익었다. 그녀를 만났던 곳의 기억을 떠올리며 장소를 좁혀보았지만 머리의 갈피를 아무리 뒤져도 그곳은 쉽사리 몸을 드러내지 않았다. 태성은 결국 그녀를 만난 적이 없었던 것이다. 이상한 일이었다.

"뭘 그렇게 제 얼굴을 쳐다보세요?"

주연이 고개를 갸웃하며 물었다.

"예전에 어디선가 본 것 같아서요."

그녀의 얼굴에 그늘이 졌다.

"저를 봤다는 분이 가끔 있어요. 혹시 한국에 계실 때 대학로의 극장에서 연극을 본 적이 없으세요?"

"연극은······."

태성은 고등학교를 나온 이후로 어디서든 연극을 본 적이 없었다. 주연이 태성에게 다가와서 속삭였다.

"제가 거기서 배우를 했답니다. 텔레비전 드라마에 조역으로 나오기도 했지요."

"아, 대단합니다. 몰라봐서 죄송하네요."

"뭘요. 드라마나 예능 프로그램이 워낙 많아 연기자가 넘쳐나요. 전 그만둔 지 제법 됐어요. 스타가 아닌 배우들은 사람들의 기억에서 금방 잊혀요. 나도 내가 방송을 탄 사실을 까먹고 있으니까."

"다양한 역할을 한 배우라서 요트를 빨리 배우는 것 같군요."

"그럴지도 모르죠."

해가 서쪽으로 기울기 시작하면서 푸른 하늘에서 쏟아지는 강렬한 햇빛이 한풀 숨을 죽였다. 장욱이 커피를 끓여 조종실의 식탁에 올리자 커피 향이 부드럽게 퍼져나갔다. 태성도 타륜을 자동으로 돌려놓고 함께 커피를 마셨다. 헌터호가 바람을 받으면서 기울어지는 바람에 주연이 황급히 잔을 붙잡았다. 박순익이 고개를 바다로 돌리면서 물었다.

"우리가 언제쯤 쿠요 제도로 들어갈까?"

"자정쯤인데 정확하지는 않아요. 바람과 파도 상태에 따라 달라지니까."

"밤바다를 계속 달리기보다 적당한 곳에 쉬는 것도 좋겠는데?"

"알겠습니다."

태성이 순익의 얼굴을 쳐다보면서 물었다.

"도대체 어디를 찾고 있습니까?"

박순익은 입을 꾹 다물고 대답을 하지 않았다.

"쿠요 제도가 끝이라면 밝히지 않아도 좋습니다. 난 더는 못 갑니다."

수평선으로 다가서는 태양이 박순익의 얼굴에 붉고 환한

빛살을 던지자 그는 눈을 찡그렸다.

"쿠요 제도까지만 가시겠다?"

"그렇습니다."

"가는 곳을 몰라도 운행에는 지장이 없지 않을까?"

"승객을 책임지는 선장이 행선지도 몰라서는 곤란하죠."

"내가 가고자 하는 곳이 잘 믿어지지 않을 텐데?"

"일단 말씀해 보세요."

"조금만 기다려 봅시다. 우리도 가고자 하는 곳을 정확히 모르고 있으니까."

순익은 태성에게 속 시원하게 목적지를 알려주지 못해 오히려 갑갑하다는 얼굴이었다.

"위험합니까?"

"보기에 따라서는."

박순익은 태성의 질문에 제대로 답을 주지 못했다. 어쩌면 그도 답을 줄 정보가 모자란 것 같기도 했다. 조타실에 무거운 침묵이 깔렸다. 해는 수평선으로 사라져 황금색 노을이 차오르기 시작했고, 돛을 때린 바람이 조종실에 앉은 그들의 머리카락을 마구 휘저어놓았다. 노을이 깔리자 순익의 모습은 삶의 한 자락을 어디다 버리고 온 쓸쓸하고 허무한 잔영으로 변했다.

타륜을 잡은 태성은 묵묵히 앞을 바라보았다. 높아진 파고로 요트가 요동치며 흔들렸다. 기상예보는 '파고가 높아진다'

로 나왔으나 먼 바다의 파고는 사실 변함없이 높았다. 컴퓨터 회사의 엔지니어라고 자신을 소개했던 박순익은 높아져가는 파도가 불안하지 않은 모양이었다. 컴퓨터 언어로 프로그램을 짜는 업무에 익숙하면 현실의 위험에 둔감한 걸까? 순익과 달리 태성은 바다가 험악해지면 두려웠다. '바다야 만날 이렇다고' 하며 기운차게 등을 두드려 줄 남 사장이 있었다면 두려움은 덜했을 것이다. 그러나 혼자인 태성의 손에 잡힌 타륜은 묵직하게만 느껴졌다. 승객들은 부두에 안착하기까지 무거운 짐처럼 어떻게든 끌고 가야만 하는 존재였다. 태성만이 먼바다의 파도를 불안스레 지켜보았고 바다를 모르는 승객들은 파도를 즐기는 것처럼 보였다.

'빌어먹을, 무인도라니!'

장욱이 세 사람에게 위스키를 한 잔씩 돌렸다.

"이걸 마시면 음주 항해가 되는 거 아냐?"

주연이 다갈색 액체를 목으로 넘기면서 말하자, 장욱이 주연에게 한 잔을 더 따라 주었다.

순익이 사라지는 빛살 속에 어슴푸레 보이는 지점을 짚으며 말했다.

"그 이야기는 천천히 해봅시다. 섬이 괜찮다면 저기서 쉬었다 가면 어떨까요?"

순익의 눈은 젊은 승객들도 금방 알아채지 못한 작은 섬을 예리하게 찾아냈다. 태성은 섬으로 향하며 속도를 올렸다. 원해에서는 손에 잡힐 듯 섬이 가깝게 보여도 한참 떨어진 경우가 많았다. 섬에 가까워지자 언덕이라는 편이 더 적당할 만큼의 모습이 드러났다. 요트로 한 바퀴 돌면서 태성은 정박지를 찾았다. 섬의 뒤편에 비스듬히 꺾인 바위들에다 수심도 적당해서 꼭 사람이 만든 부두처럼 파도를 막아주는 곳이 있었다. 물때는 적당해서 정박한 곳의 물이 더 빠질 염려는 없었다. 태성은 물이 빠지거나 오를 경우를 대비해 요트에서 길게 늘어뜨린 로프를 야무지게 바위에 매었다.

섬으로 가득 찬 필리핀에서 무인도는 붐비는 관광지와 다른 원시의 아름다움을 간직하고 있었다. 태성이 도착한 곳은 말 그대로 사람 하나 없는 무인도로, 백사장이 아름다웠다. 부드럽고 하얀 모래를 배경으로 키 큰 나무들이 둘러선 섬은 백사장과 둥글고 낮게 깔린 언덕이 전부였다. 야자수가 자라는 손바닥 크기의 섬. 에메랄드빛 바다를 배경으로 엽서에 찍히면 누구나 감탄할 곳이었다.

장욱이 남 사장이 선물로 올려준 산미구엘 맥주 한 박스와 탄두아이 럼주 두 병을 내렸다. 요트의 항해등과 손에 든 랜턴이 섬을 밝혔다. 태성이 무인도로 간다면 모닥불을 빼놓을 수는 없다며 좌석 아래에 재 놓은 장작을 가져왔다. 주연이 외쳤다.

"불을 몽땅 꺼보고 싶어요."

태성이 요트의 등을 껐다. 일행은 하나둘 소리를 지르며 랜

턴을 동시에 꺼버렸다. 어둠이 무인도를 순식간에 덮치자 불빛에 익은 눈이 천천히 어둠에 익숙해졌다. 완전한 원시의 암흑이 몸속으로 들어왔다. 별빛이 쏟아졌다. 빼곡하게 별이 가득 찬 하늘에는 수줍게 작은 달이 걸려 있었다. 검푸른 바다는 끝없이 펼쳐졌다. 바다의 한가운데 선 태성 일행은 은하계의 이름 없는 별에 착륙한 것 같았다. 조용한 섬에는 자연이 구워 낸 소리만 선명해 찰싹대는 파도와 야자나무 잎이 부드러운 바람을 타며 바스락대는 소리가 천둥처럼 들렸다. 침묵을 깨고 주연이 나직이 말했다.

"섬이 우리를 환대하는 것 같지 않나요?"

"오랫동안 침묵에 갇혔다가 우리들이 오니까 수선거리는 느낌이네요. 하긴 그게 무인도의 매력이기도 하겠지만……."

태성이 말했다. 밤하늘도 대지와 바다의 힘이 합친 곳에 서 있는 그들을 향해 어떤 기운을 보태고 있는 것만 같았다.

장욱이 정적을 깨뜨리면서 소리쳤다.

"자. 정신 차리고 불을 피웁시다. 문명의 세계로 들어와요."

장욱은 여기저기 눈에 띄는 마른 잎과 요트에서 내린 장작을 모아 라이터로 불을 살려내고 주변에 돌을 세워 바비큐 철판에 돼지고기를 올렸다. 잊었던 구수한 냄새가 빠르게 무인도의 밤공기 속으로 퍼져 나갔다. 순익이 먼저 산미구엘 맥주를 따서 모두에게 한 병을 돌렸고 곧 독한 탄두아이를 한 병 비웠다. 떠들썩한 백사장에서 주연이 소리쳤다.

"이 술, 언제 다 마셔?"

장욱이 이까짓 쯤이야 하며 응수했다.

"남기시면 안 됩니다."

장욱은 장작에 올린 돼지 바비큐를 맛있다며 칭찬을 그치지 않았다. 태성이 말했다.

"이건 아무것도 아니에요. 별미인 레촌을 먹어봐야죠!"

"그게 뭡니까?"

"통돼지 바비큐에요. 어린 돼지를 숯불에 통째로 구워내면 껍질이 바삭하고 쫄깃한 데다 살은 닭고기처럼 부드럽지요."

이국의 고요하고 맑은 바다 공기 덕분인지 일행은 잔을 부지런히 비웠다. 술에 취한 장욱은 주연에게, 취한 것 같지 않은 주연도 장욱에게 큰소리를 쳤다. 아마 여간해서는 언성을 높이지 않는 필리피노가 이 광경을 보았다면 그들이 서로 싸운다고 생각했을 것이다. 그들은 먼바다에서 마음의 응어리를 풀고, 적당한 일탈에 빠지고 싶어 하는 것 같았다. 묵직한 박순익도 탄두아이 몇 잔에 얼굴이 달아올랐다. 태성은 모닥불에 비친 일행들을 유심히 살펴보며 천천히 조심스럽게 술잔을 입에 대었고, 백사장에 술을 슬쩍 버려가며 술이 들어가는 속도를 조절했다. 그는 선장이었고, 선장은 배에 탄 사람의 안전과 귀환을 보장해야만 하는 자리였다. 그는 맑은 정신으로 일행이 내일이 사라진 사람처럼 밤에 빠지는 모습을 지켜보았다. 그들이 원한 무인도 항해에 이런 종류의 유흥도 들어 있었던 것일까? 그들은 긴장이 풀렸는지 아니면 열대의 섬이 안기는 호젓한 아름다움에 취했는지 아주 야단이었다. 장욱이 일어나서 굵은 허리를 흔들며 덩실덩실 춤을 추다 주연의 손을 잡고 빙글빙글 맴돌기도 했다.

장욱이 한국인들은 어딜 가나 시끄럽게 논다니까 하면서 낄낄대다 비틀대며 언덕 비탈을 올라갔다. 몇 걸음만 올라가면 되니까 어쩌면 언덕이라고 할 것까지도 없었다. 그런데 언덕 꼭대기의 야자수 옆에 작은 연못이 있었다. 고요하고 맑은 수면에 밤하늘이 통째로 담겨 있었다. 뒤따른 주연이 손에 물을 담아 올렸다.

"이것 봐요. 민물이에요."

태성이 손가락으로 찍어 맛을 보았다. 담수였다. 작은 섬이 어떻게 민물을 보듬었는지 모를 일이었다. 주연이 팔을 깊이 연못에 넣었다가 물을 튀기며 건져내었다. 태성은 맑은 연못이 갑자기 섬뜩해져 얼른 주연을 연못에서 떼어내었다. 그런 태성이 우스운지 주연은 깔깔거리고 웃어댔다. 언덕의 연못 옆도 훌륭한 풍경이라서 일행은 술과 바비큐 장비를 들고 자리를 옮겼다. 언덕의 꼭대기에서는 사방의 바다가 훤히 트였고 밤하늘을 꽉 채운 별들이 쏟아졌다. 일행은 모두 술에 취했다. 침착하고 상황에 휘둘릴 것 같지 않은 순익까지도 술을 마다하지 않아 제대로 움직이는 사람은 태성뿐인 듯 보였다. 한 차례 요란을 떨다가 지쳐 모두 자리에 앉자 순익이 태성에게 새삼스럽게 술을 한잔 따라주고 자신도 잔을 받은 다음 문득 태성을 정면으로 바라보았다.

"자, 선장. 우리가 뭣 하는 사람들일 것 같소?"

순익이 갑자기 냉정한 목소리로 태성에게 물었다.

"뭐하는 사람들이라니요?"

태성은 얼마 마시지 않은 술이 확 달아나는 기분이었다.

"항로를 정하지 않고 돌아다니는 우리가 꽤 궁금했을 텐데……."

"그거야 그렇습니다만……."

"이제 모든 걸 털어놓고 도움을 얻고 싶어. 우리가 한국 땅에서 여기에 왜 왔다고 생각하시오?"

"무인도의 생태 관찰이 아닙니까?"

"거북과 희귀한 새들? 아니야. 사람이야."

"사람이라고요?"

"우린 누군가를 찾아 여기에 온 거요."

"누군가를요?"

"그래요. 우리를 혼돈에서 꺼낸 리더이기도 하고 선배이기도 하고, 여기에 온 사람들의 친구이기도 한."

일행은 필리핀의 어느 섬으로 사라진 장공진 박사를 찾고 있었다. 보라카이로 휴가를 떠난 장공진 박사가 정체 모를 섬으로 사라졌다는 것이었다. 박순익의 말에 따르면 단순한 실종이 아니었다.

"토스쿠라는 말을 들어 봤는가요?"

"그건 대체 무슨 말입니까?"

"나도 정확한 뜻은 모르지만…… 토스쿠라는 건 영혼의 문이랄까? 이승의 문이랄까…… 하여튼 또 다른 문이라는 의미의 말인데…… 그 문이 열리면 자신이 한 번도 만나지 못한 자신의 실체를 선명하게 들여다본다는 뜻이야. 그래요. 이것도 내 나름의 해석이지, 정확한 것은 아니야. 장공진 박사가 언젠가 우리에게 한 얘긴데, 그때 나는 그렇게 이해했어. 살아오면서 우리는 어떤 순간에, 전혀 생각지도 못한 한 순간에, 뭔가 섬뜩한 것이 자신의 몸에 들어선 것 같은 걸 느끼고는 금방 잊어버린다고 하지. 토스쿠는 그 순간을 확실하게 보여주는 단계라는 거지. 이곳 어느 섬, 정확히 얘기하면 죽음과 탄생의 성지, 그곳에 가면 자신의 토스쿠를 만난다는 거야. 이곳은 거대한 바다로 싸인 수천의 섬으로 이루어져 있어 일찍부터 그런 신비한 얘기들이 전해져 왔다네."

그들이 찾는 장 박사가 섬에서 토스쿠를 만났다면서 끝내 돌아오지를 않았다는 것이다. 태성은 무슨 말인지 납득하기 어려웠다. 토스쿠가 도대체 뭐란 말인가? 순익이 몽매해서나 맹신 때문에 누군가를 찾는 것 같지는 않았다. 장 박사를 꼭 찾아야 한다는 순익의 표정에 슬픈 기운이 섞여 있어 그는 오히려 마음이 놓였다. 박순익이 사라진 사람을 찾는다는 절실함이 가득한 데다 너무나 진지해서 태성으로서는 그의 이야기에 뭐든지 긍정적인 답변을 해야 한다는 의무감마저 들었다. 그러나 태성은 아름다운 풍경과 동떨어진 이야기를 제대로 소화하지 못한 채 대답을 잇지 못했다. 앞으로의 여정이 순탄치 않으리라는 예감이 태성의 가슴을 때렸다. 태성은 연못에서 착 가라앉은 순익의 얼굴로 시선을 돌렸다가 먼바다로 눈길을 움직였다. 여기서 귀환해야만 하는가? 쉽지 않은 결정이었다.

4

그런데 그날 밤, 기이한 일이 일어났다. 취한 정신이 일으킨 착각이었는지 아니면 박순익의 얘기로 인한 환각이었는지, 아니면 비몽사몽간에 일어난 그야말로 꿈이었는지는 알 수 없었다. 훗날 생각해 봐도 도무지 왜 그런 일이 일어났는지 알 수 없었다. 술에 취했거나 그날의 분위기가 만들어낸 집단적인 환각으로 치부하며 덮을 수도 있겠지만 그렇게 쉽게 넘어가 버릴 일도 아니었다. 단지 우리가 알고 있는 세계란 우리가 규정하고 있는 것과는 다르거나 우리가 모르고 있는 또 하나의 세계가 은밀히 숨어 있는 게 아닌가 짐작될 뿐이었다.

그 일은 깊은 밤 섬 전체가 잠에 빠진 듯한 상태에서 일어난 일이었다. 오직 연못만이 달빛을 받아 교교하게 빛났다. 연못을 둘러싼 야자수 나무의 그림자가 잔잔한 수면에 빠져 어른거렸다. 바람에 살랑거리는 야자수 잎 때문인지, 혹은 검푸른 바다를 사면으로 바라보는 위치 때문인지, 고요한 연못의 힘 때문인지 연못과 주변 일대가 살아 있는 생명체처럼 태성에게 다가왔다. 그는 까닭을 알 수 없는 예감에 자신도 모르게 탄두아이를 한 잔 마셨다.

오장욱은 계속 술을 마셔대었다. 그러다 벌떡 일어나더니 비틀거리며 연못 건너편으로 걸어갔다. 그는 무엇을 보았는지 술에 취해 꼬부라진 목소리로 떠들었다.

"형씨, 합석해서 술이나 한잔합시다."

태성은 달려가서 오장욱이 연못에 빠지지 않도록 팔을 붙잡았다. 오장욱이 뭘 잘못 본 것일까? 연못 건너편에서 사람의 모습이 언뜻 비친 것 같았다. 그건 야자수의 그림자와 달빛과 연못이 만들어낸 환영으로, 사람의 모습이라고 반드시 단정짓기 어려운 조각난 이미지였다. 하지만 희미한 그 모습은 기이하게도 순식간에 태성을 젊은 시절의 어떤 기억 속으로 데려갔다. 번개가 뿌리는 푸른 섬광 속 어떤 모습이 떠오른 것처럼 태성은 자신을 바라보고 있는 젊은 남자를 마주한 것이다.

고등학교를 마치고 보호시설을 퇴소하던 날, 주먹을 꽉 쥐고 불안하게 버스를 기다리던 젊은 태성이었다. 먼 이국의 작은 섬에서 왜 그때의 장면이 강렬하게 되살아났는지 그는 알지 못했지만, 순식간에 떠오른 추억으로 휩쓸려 들어갔다. 그는 배낭을 추스르며 버스가 오는 방향으로 고개를 빼고 자신을 낯선 곳으로 데리고 갈 미래를 속절없이 기다리고 있었다. 그는 불안한 기색으로 오른손에 든 커다란 가방을 꽉 쥐고 있다가 귀중한 물건을 놔두고 온 것처럼 뒤를 돌아보았다. 버스가 정차하고 손님들이 내리자 그는 버스를 타고자 두 걸음 앞으로 나섰다가 멈춰 버렸다.

그가 연못에서 스쳐 본 남자는 앉아 있었고 배낭을 메지도 않았다. 그러나 그가 일어나서 한쪽 어깨에 배낭을 걸치기만 한다면 영락없는 그때의 모습 그대로일 거라고 태성은 생각했다. 또 다른 그림자 하나가 나타나 앉은 채로 손을 움직였다. 그건 가방에 물건을 급히 넣는 동작 같기도 했지만 태성에게는 왠지 그 모습이 권총을 장전하는 느낌으로 다가왔다. 이상한 일이었다. 그림자처럼 보이는 이미지가 이번에는 분명하게 한쪽 손에 든 장비를 조작했다. 별빛에 그가 든 물건이 반짝거리며 형체를 드러냈다. 그가 주머니에서 총알을 꺼내 침착하게 탄창에 총알을 재워 넣고는 권총을 한 손으로 치켜들고 결의를 다지면서 이쪽으로 고개를 돌리는 것 같았다. 그림자의 사내가 권총을 상의 주머니에 집어넣고 일어섰다.

태성은 어처구니없는 광경들이 섬이 만들어낸 한바탕 꿈처럼 느껴졌다. 태성은 한국의 새벽 도로에서 화물트럭을 몰다 잠에 쫓기면 그랬듯이 숨을 길게 들이쉬고 손으로 팔을 몇 차례 꼬집고 비틀었다. 팔의 감각은 살아 있었다.

이 모든 광경들은 조각나서 서서히 옅어지면서 손바닥 크기로, 그리고 한 점으로 줄어들다가 사라져 버렸다. 그것이 사라지자 조금 전에 보았던 모습이 과연 무엇인지 태성은 확신이 서지 않았다. 태성은 자신이 희귀하고 괴이한 그 무엇을 과연 보았는지조차 의심스러웠다. 정신이 혼란하거나 허약해지면 보인다는 헛것이 아닌가도 싶었다. 그가 마음에 담아두고 가슴 아파한 장면을 영사기 모양으로 투영해낸 것 같기도 했다.

태성은 연못 건너편으로 넘어가서 바닥을 살펴볼까도 했지만, 왠지 두려웠다. 대신 그는 잠든 주연을 깨우고 일행을 독촉하여 백사장으로 내려왔다. 장욱은 파도가 오르내리는 백사장 훨씬 위쪽에 펼친 깔개에 누워 몸을 쭉 뻗었다. 태성은 주연을 요트의 선실로 데리고 갔다. 승강계단을 조심스럽게 내려가 선실로 넣자 그녀는 침대에 풀썩 쓰러져 버렸다.

백사장으로 돌아오자 깔개에 앉은 순익이 배낭에서 작은 상자를 꺼냈다. 그는 물병을 들어 물을 벌컥벌컥 마시더니 상자에서 꺼낸 시가 끝을 잘랐다. 태성은 자신이 보았던 연못 건너편의 환영으로 아직도 혼란스러웠다. 태성에게는 놀라운 광경이었으나 순익은 오히려 담담했다. 그는 자신이 본 장면을 박순익에게 확인하고 싶어졌다.

"방금 연못 건너편의 이상한 이미지를 봤어요?"

"본 것 같기도 하지만."

박순익은 대수롭게 여기지 않았다.

"이상하지 않아요? 환상 같기도 하고."

"내 어두운 마음을 본 것이겠지. 사람의 눈은 그다지 신뢰할 수 없으니까."

순익이 너무나 무덤덤하게 싱거운 농담처럼 말해서 태성은 오히려 할 말을 잃었다. 그는 시가를 입에 물며 말했다.

"쿠바산 시가요."

"시가를 좋아합니까?"

"담배는 십 년 전에 끊었어. 젊을 때는 시가도 가끔 피웠지만 그 후로는 처음 피워보는 맛이지. 먼바다로 나왔으니 기념으로 시가를 골랐소. 오래전부터 피워보고 싶었거든. 한 번 태우겠소?"

순익이 태성에게 시가를 권했으나 그는 손을 저었다.

"담배를 피우면 멀미가 나는 체질입니다."

"본받을 몸이야."

순익은 시가를 깊이 빨아 당기고 연기를 토해냈다. 그는 사라지는 연기를 유감스럽다는 듯 쳐다보고 바다를 가리켰다.

"한국 땅을 떠나오니까 속이 시원하군. 육지에선 발끝까지 악에 젖은 놈들이 밝은 미래를 꿈꾸니까 말이야. 살아야 할 놈들은 죽고, 죽어야 할 놈들이 떵떵거리며 사는 꼴이니까."

"안 좋은 일이라도 당했나요?"

"남 탓 할 건 없지. 나쁜 일은 내가 저질렀으니까."

그는 다시 깊게 시가를 빨아 당겼다. 태성은 연못의 이미지로 다시 대화를 끌고 갔다. 순익도 과연 자신과 비슷한 체험을 했을까, 그는 순익이 일부러 태연함을 가장하는 것은 아닐까 궁금했다. 혹시 그는 자신이 감당하기 어려운 이미지를 회피하는 게 아닐까?

"난 연못의 이미지에서 젊은 시절의 내 모습을 보았습니다."

"그럴지도 모르오. 하지만 확실하지는 않아. 우리가 본 게 정확하게 무엇인지 우리도 알지 못하니까 말이야."

"하지만 우린 이상한 형체를 분명히 봤어요."

박순익이 엄숙한 표정으로 태성의 말을 반박했다.

"눈이란 믿기 어렵고 허점이 많아. 마술사가 손에 든 카드를 조작하고, 모자에서 토끼를 끄집어내도 눈은 속임수를 알아채지 못해. 우리 두뇌가 결국 속는 거지. 이누이트족은 북극의 밤하늘을 채우는 오로라를 먼저 간 영혼들의 춤으로 생각했다는데 그들은 태양풍과 지구 자기력의 충돌 같은 것은 알 방법이 없었겠지. 게다가 우리가 뭔가를 보았다는 사실도 확실하지 않아. 손으로 만져보고, 혀로 맛을 보고, 주먹으로 두들겨보았으면 훨씬 나았을 것을. 우리가 설령 무엇을 보았대도 아직은 뒤처진 과학으로 해명하지 못하는 신비 현상의 하나일 뿐일 거야. 그래서 더욱 우린 장공진 박사를 만나야만 한다고."

순익은 다소 상식과 어긋나게 이미지를 장공진 박사를 찾는 일에 결부시켰다.

"그를 꼭 찾아야만 합니까?"

"그럴 이유가 있어. 당신이 말한 이미지와도 관계가 있으니까."

"궁금합니다."

"그에 앞서 장공진 박사를 만나게 된 내 이야기를 먼저 들려드리지. 관련 있으니까."

시가의 끝에서 어둠을 밝히는 불빛이 빨갛게 빛났다. 그는 시가를 손에 들고 잠시 친근한 미소로 불빛을 바라보았다.

"난 컴퓨터 회사의 소프트웨어 개발자 출신이오. 내가 다닌 회사는 한국의 대표적인 소프트웨어 회사 중의 하나였지요. 난 그 회사를 키우는 데 큰 역할을 했다고 자부해."

순익은 시가를 모래에 비벼서 껐다.

"편하게 말을 합시다. 아들은 토론토에서 고등학교를 나와서 그곳의 대학을 들어갔고 아내도 아들과 같이 있었지. 시쳇말로 기러기 아빠였어. 딸은 한국에서 대학을 졸업해서 다행히 자리를 잡았고. 아들이 대학 2학년일 때 토론토에서 만났는데 아들의 눈이 몽롱하고 몸에서 기분 나쁜 냄새가 났소. 불행히도 내 짐작이 맞았어. 아들은 마약에 손을 대었고 파티를 빠짐없이 찾아다니고 있었으니까. 아내는 아들을 제대로 감독하지 못했고 나는 아내가 왜 아들을 관리 못하는지에 대한 이유도 짐작했지. 토론토에 사는 대학동창들이 내게 걱정 어린 충고를 했어. 둘 다 한국으로 데려가는 게 좋지 않을까, 하는……. 하지만 난 아내와 아들을 토론토에 눌러앉혀 놓고 말았지. 학생이 마약을 맛보는 건 그곳에선 흔한 일이라 중독자로 전락하는 경우가 드물다는 자신감으로 말이야. 난 그렇게

근거 없이 장담하며 나 자신을 합리화했지.

난 일 중독자요. 웹과 모바일의 화면에 구현되는 프로그램과 인터페이스 디자인을 통해 가상세계를 만들고 운용하는 사람이야. 이 세상 어디선가 존재는 하고 저장도 되며 다시 불러낼 수도 있지만, 실물로 손에 잡아 쥘 수는 없는 가상공간을 만들고 꾸미고 유지하는 탓에 현실의 내 가족을 잊고 있었지. 아내와 아들이 어떻게 사는지도 살피지 않았고 그들이 나에게 남편으로서, 아버지로서 뭘 바라는지도 머리에서 싹 지우고 있었으니. 그런 나를 회사에서는 대표 개발자로 추켜세웠고 직원들은 존경의 눈빛으로 나를 바라보았지. 가족을 데려와야겠다는 생각을 영 잊어먹은 건 아니라서 간간이 떠올리긴 했지만, 그때마다 조금만 더, 하며 미루었소. 돈을 넉넉히 보내는 것으로 내 임무를 다했다고 착각하면서 말이야. 그렇게 망설이는 사이에 아들이 파티에서 집으로 돌아오다 밤거리에서 쓰러져 버렸지. 병원에 갔지만 몇 시간을 견디지 못하고 죽고 말았어."

"저런."

태성이 소리를 쳤지만, 그는 손을 한 번 들고는 계속 말했다.

"그야말로 객사였어. 사망 원인이 마약 과용인지, 아니면 급작스런 심장마비인지, 미궁이었지만 그런 건 따지고 싶지도 않아. 보험회사 직원이나 원인을 캐고 싶겠지. 죽음은 죽음일 뿐이니까. 난 아들의 죽은 얼굴에 오래 손을 대고 있었소. 불쌍한 놈은 굳어버린 얼굴을 통해 그제야 내게 뭔가를 전해주었어. 내 지위와 욕망의 종말이 내 손끝에 차갑게 묻어나 난 몸을 부르르 떨었지. 내가 즐긴 업무의 성취란 지나가면 그뿐인 하잘것없는 것인지도 모르고. 내가 아니었더라도 해낼 사람이 줄을 이었을 텐데. 아버지의 욕망이 아이를 그르치고 만 거요. 길고도 혹독한 캐나다의 겨울을 견디며 아이는 얼음과 폭설과 친해지지 않는 친구들 속에서 탈출구를 찾아 방황한 거야. 그러고 보니 가족에 관한 내 깨달음은 항상 늦었어. 아내는 일밖에 모르는 내게 환멸을 느끼고 멸시하면서 캐나다의 친척집에 들어가 어학연수원에 등록을 하고는 한국인이 운영하는 직장에 다녔어. 오래지 않아 나는 아내도 잃어버리고 말아. 한밤에 캐나다에서 걸려온 전화를 받고는 토론토로 바로 날아갔지. 심장에 총 한 방을 딱 맞았더군. 꼭 자신이 겨냥해서 쏜 것처럼 말이야. 아내가 왜 골목 사이의 우범지역에 혼자 들어갔는지 모르겠더군. 경찰은 범인에게 붙잡혀 골목으로 끌려 들어갔다고 추정했지만 난 의심스러웠어. 지갑과 돈이 없어졌고 경찰은 강도를 당했다며 사건을 종결해 버렸소. 시체안치소에서 냉동박스에 담긴 빳빳한 아내를 만나니 아내 눈에 눈물이 맺힌 것 같았지. 서리가 앉은 것 같기도 했고."

태성이 말했다.

"가슴 아프겠습니다."

순익은 쓰게 웃고는 두 번째 시가를 꺼내들며 이야기를 이어나갔다.

아내는 헌신적으로 그를 아껴준 여자였다. 회사 업무로 늦는다는 전화 한 통에도 잔소리가 없던 여자였다. 그가 무슨 사고를 쳐도 탓하지 않았다.

그는 캐나다 친구에게 베레타 권총을 빌려서 총알을 채우고 안전장치도 풀고는 아내가 죽은 뒷골목으로 갔다. 이면도로에서 안으로 들어간 그곳은 고양이와 떠돌이 개의 배변 오물까지 섞인, 냄새 고약하고 지저분한 곳이었다. 벽은 페인트 낙서로 범벅이었고 가로등도 빛을 제대로 보내지 못해 어두침침한, 그곳에 서서야 그는 아내가 제 발로 여기로 들어왔다는 감춰진 진실을 깨달았다. 그는 어른거리는 아내의 혼백을 본 것도 같았다. 섬의 연못에서만 조각난 그림자가 어른대는 게 아니었다. 더러운 갈색 벽에서 걸어 나온 아내가 그에게 말을 걸어 여기를 왜 왔냐고, 너무 늦게 오지 않았냐고 말했다. 그는 반쯤 미쳐 당신의 복수를 하겠다고 말했지만, 아내는 아무 대답도 하지 않았다. 아내는 계절에 맞지 않는 얇은 옷을 입었고 약간 추운 듯이 보였는데 그가 가까이 다가가자 놀라서 몇 걸음 뒤로 물러나 버렸다. 숨소리가 가냘프고 오래 떠돌아다닌 것처럼 지쳐 안색이 창백한 그녀 모습은 전기가 약해 깜박거리는 전등처럼 희미해졌다가 밝아지곤 했다. 박순익은 벽에 기대어 주머니에 든 권총을 붙잡고는 누구든지 자신을 건드리면 몇 놈이든 몽땅 날려 버리겠다고 마음먹었다. 손에 걸리는 대로 배에다 한 방, 가슴에 한 방. 그리고 입에 총구를 쳐넣어서 또 한 방. 서슬 시퍼런 그의 모습에 모두 그를 비켜갔다. 후드를 머리끝까지 올리고 골목을 헤매는 약쟁이나 알코올 중독자도 끽소리를 안 했고 노숙자 한 명은 벌벌 떨면서 그의 앞을 스쳐 지나갔다. 이면도로로 나오자 저승사자를 본 것처럼 거리의 불량배들이 몽땅 달아나 버려 길이 휑했다. 그해 순익의 나이는 마흔 중반에 가까웠고, 어디까지 달렸는지는 모르겠지만 인생의 반환점을 돌고도 충분히 더 달린 나이였다. 반환점을 돌았는데도 자신의 꼬락서니를 보니 형편이 없었다. 그는 아내가 죽은 자리에서 자신을 상대로 비열한 놈이라며 선고를 내렸다.

태성은 묵묵히 그의 이야기를 들었다. 순익은 시가를 비벼 끄고는 검은빛 밤바다를 보더니 말을 이었다. 그때부터 하루도 빠짐없이 순익의 꿈에 아내가 찾아왔다. 아내가 벽에 서 있고 그가 다가서면 얼굴을 돌리는 꿈으로, 아내는 한마디 말도 하지 않았으며 그와 눈을 마주치지도 않았다. 그녀는 벽에 무연히 기대서 뭔가를 곰곰 생각하는 얼굴이었는데 한밤에 잠에서 깨면 꿈이 너무나 선명해서 그의 앞을 아내가 다녀갔던 것만 같았다. 그는 동이 틀 때까지 거실에서 서성거렸다. 그는 꿈에 지쳤고 꿈을 피하려고 노력하다 불면증까지 걸려 버렸다. 꿈을 족집게로 집어서 내다 버린다는 것은 불가능했고 아무리 도망쳐도 자신의 영혼이 매일 밤 만들어낸 꿈은 그를 따라와서 감아들었다. 몇 달을 똑같은 꿈에 시달리다가 마침내 신경정신과 병원을 찾아갔다. 최혜신 의사는 그를 치료하면서 과외활동을 권했는데 걷기와 그림 그리기와 목공을 제시했다. 최혜신 의사를 돕는 몇 사람의 자원봉사자 중에 목공 팀을 이끄는 사람이 장공진 박사였다. 장 박사는 자원봉사자였으나 원래 매달 두 번 씩 주말마다 자신의 집에서 목공을 했고 거기에 박순익이 합류한 셈이었다.

장 박사의 집은 낮은 언덕 아래에 있는 단독주택이었고 창문이 넓은 창고의 한쪽 벽에는 재단할 나무들이, 안쪽 벽에는 목공 도구가 가지런히 걸려 있었다. 목공 팀들은 매달 첫 번째와 세 번째 토요일에 장 박사와 함께 언덕을 30분쯤 걷고 목공 작업을 함께했다. 오장욱과 성주연 모두 그곳에서 만난 사람들이었다. 장 박사는 인공지능을 연구하는 로봇공학연구소의 선임연구원이었는데, 순익이 목공 창고에 처음 갔을 때 장 박사의 로봇을 보고 깜짝 놀랐다. 가슴 크기 높이로 보이는 로봇은 '후예'라고 불렸는데 그를 보고는 반갑게 인사를 먼저 했다. 중국 신화에서 활로 아홉 개의 태양을 쏘아서 떨어뜨렸다는 전설의 영웅 이름이 '후예'였다. 장 박사가 '후예'를 자신의 승용차로 데리고 와서는 창고 안에 놓아주면 놈은 목공 팀이 다리와 상판을 나사로 결합하거나 상판을 다듬는 과정을 흥미롭게 지켜보다가 위잉 하고 전기드릴이나 직소 소리가 나면 놀라서 소리가 나는 방향으로 고개를 돌리곤 했다. 놈은 위험을 회피하는 기능이 내장되어 있어 목공 작업을 하는 반경 안으로 들어오지는 않았고 느리게 걷다가도 눈앞에 장애물이 나타나면 멈췄다가 천천히 되돌아갔다.

장 박사는 '후예'에게 맞는 높이의 작업대를 마련해 주고 나무를 다듬도록 프로그램을 만들었는데 '후예'는 간단한 작업을 굉장히 느리게 했다. 거기다가 조금만 나무의 위치가 틀어지거나 하면 자신이 잘못했는가 싶어 다음 순서로 나가지 못하고 어쩔 줄 몰라 했다. '후예'를 마당에 내놓으면 더 가관이었다. 놈은 사람의 그림자를 잘 분간하지 못해 그림자를 장애물로 인식해서 피하려고 발버둥을 쳤고, 목공 팀은 그림자를 앞에 둔 '후예'의 갈등을 보고는 폭소를 터뜨렸다. 뛰어난 전자공학자와 기계전문가들이 만들어낸 최신 로봇이 그 지경이었다. 하지만 장 박사는 인간을 닮은, 아니 인간보다 뛰어난 로봇을 만든다는 원대한 포부를 품고 있었고 그건 모든 로봇 전문가들이 가지고 있는 꿈이기도 했다. 장 박사는 인간이 복잡하고 만들기 어려운 기계일 뿐이라는 신념에 차 있었다. 공학이 발전하면 결국 인간과 유사한 로봇을 만들 수 있을 거라고 굳게 믿고 있었다.

장 박사의 당면한 포부는 '후예'가 흔들의자를 제작하는 것이었다. 둥근 팔걸이에 받침대의 각도를 잘 휘어지도록 만들어 편안하게 흔들거리는 의자는 박순익에게도 쉽지 않은 과제였다. '후예'가 흔들의자를 완성한 다음의 목표는 로봇 선수로 첼시나 바르셀로나 같은 축구팀을 만들어 로봇 리그를 만들고 그 우승팀이 인간 팀과 축구 결승전을 하는 것이었다. 너무나 원대한 꿈이라 목공 팀은 장공진 박사의 열정과 힘찬 얘기들에 감동하면서 그저 고개만 끄떡거릴 뿐이었다. 하지만 박순익 팀의 목공 기술이 날로 늘어 등받이 의자와 테이블과 화장대와 콘솔을 만드는 동안 '후예'의 솜씨는 늘지 않아 목재 주위를 맴도는 수준을 넘지 않았다. 후예가 가장 잘한 업무는 식사로, 그건 인간하고 비슷했다. '후예'가 벽에 설치된 콘센트를 스스로 찾아가 자신의 배에 내장된 장치를 끌어내서 두 시간 동안 꼼짝 않고 흐뭇한 표정으로 자신의 배를 채우는 모습은 아주 귀여웠다.

태성이 말했다.

"그 로봇이 제대로 하는 건 자신의 배를 채우는 것밖에 없었나요?"

"아쉽게도 이제껏 그랬지. 앞으로는 달라지겠지만."

박순익은 이야기를 계속했다.

"나는 장 박사와 '후예'와 함께 목공을 하면서 조금씩 꿈에 덜 시달리게 되었지. 그리고 정신과 치료 때문인지, 아니면 목공을 하며 집중을 한 덕인지, 그것도 아니면 아내가 지쳐버렸는지 어느 날부터 아내는 더 이상 꿈에 나타나지 않았어. 나는 2년 가까이 장 박사와 지내면서 안정을 되찾았고 세상을 헤쳐

나갈 힘을 얻었지. 나와 세계를 바라보는 견해가 비슷한 장 박사에게 해명하지 못할 우주의 질서가 없었으니까. 우주와 생명과 인간은 수학과 물리와 화학으로 몽땅 밝혀낼 수 있다는 신념. 뭐 그런 것이었지. 중세 수도원에 사는 수도사들이 오늘의 과학문명을 전혀 예측하지 못한 것처럼 아직은 우리가 충분한 지식과 정보가 없을 뿐이니까. 나 역시 우리가 만들지 못할 프로그램은 없다고 생각해. 우린 얼마든지 인간과 세계의 질서를 컴퓨터로 만들고 유지할 수 있거든. 컴퓨터의 디지털 세계도 장공진 박사의 세계만큼이나 뛰어나. 0이 아니면 1이고, 1이 아니면 0으로 구성된, 착오나 미신이나 환상이 들어올 여지가 없는 완벽한 세계니까."

"그 장공진 박사를 찾아간다는 겁니까?"

"그렇지."

"지식과 신념이 대단한 분이니까 섬에 틀어박힐 충분한 이유가 따로 있지 않을까요?"

"강제로 섬에서 끌어내겠다는 건 아냐. 상황을 알아보겠다는 거지. 나로서는 그의 돌발적인 행동이 믿기지가 않으니까."

밤이 깊었다. 박순익은 장 박사를 찾는 탐색의 뿌리를 잠깐 내보였다. 태성은 순익의 이야기가 다 이해되지는 않았으나 자신이 여정을 쉽게 그만두지는 못할 것 같다고 생각했다. 태성은 검은 밤바다를 바라보았다. 밤바다는 희미해진 별과 달빛으로도 넉넉하게 차올랐다. 파도는 태고부터 지속되었을 밀려오고 밀려가는 율동을 찰싹대며 되풀이하고 있었다. 순익이 고개를 돌려 언덕을 쳐다보고는 태성에게 선실로 돌아가기를 권했다.

"내일 항해를 계속해야 하니까."

5

　손태성은 이튿날 선창을 파고드는 아침 햇살에 눈을 뜨자 벌떡 일어나 갑판으로 나섰다. 어젯밤 조각난 그림자를 본 일이 꿈인 것도 같고 실제 있었던 일 같기도 했다. 술을 많이 마신 다음 날은 전날의 기억과 과거의 회상과 꿈이 몽롱하게 섞여 뒤죽박죽으로 얽히기도 하니까 말이다. 그러나 그는 술을 그다지 마시지 않았으며 기억이 분명했고 장면 또한 선명했다. 백사장의 박순익은 옆으로 누워 자고 있는 오장욱 옆에 앉아서 무언가를 곰곰이 따져보는 얼굴이었다. 어젯밤의 취기는 벌써 파도에 씻어버린 얼굴이었다. 어쩌면 그는 처음부터 취하지 않았는지도 몰랐다. 순익은 태양 아래서 섬을 이미 꼼꼼히 살펴보았다고 말했다. 태성은 언덕의 연못으로 올라가서 어젯밤의 흐릿한 기억을 되새겼다. 누군가의 이미지를 보았다는 그의 기억 자체가 흐릿해서 어제 일인지, 아니면 몇 달 전에 있었던 사건인지 분간을 하기 어려웠다. 그는 손에 담수를 담아 맛을 보고는 연못으로 들어가 보겠다고 순익에게 말했다. 요트에서 로프와 장비를 가져오는 태성을 순익은 말리지 않았다.

태성은 순익에게 정한 시간이 지나도 나오지 않으면 나무에 맨 예비용 로프를 허리에 매고 들어오라고 말했다. 태성이 오리발을 달고 자맥질로 연못으로 들어갔다. 옆으로 누워 타원형으로 길게 뻗은 연못의 물은 알 속에 들어앉은 것처럼 포근하고 따뜻했다. 수면을 뚫고 들어온 햇빛으로 환한 연못은 그를 환대하고 마음껏 돌아보도록 기분 좋게 허락한 것 같았다. 밑으로 내려가자 옅은 주황색의 띠가 걸렸고 그 아래로는 옆으로 난 통로가 보였다. 그러나 연못 안에서 살아서 움직이는 생물은 보이지 않았다. 연못이 왜 민물인지 아무래도 가늠할 수가 없었다. 연못의 띠 위쪽은 담수였고 주황색 띠 아래는 놀랍게도 어딘가로 연결된 바닷물이었다. 통로처럼 보이는 곳에는 깊은 어둠이 깔려 있었다. 그는 수면으로 올라오다 연못의 경사진 곳에서 뭔가 울퉁불퉁한 물건이 눈에 띄어 숨을 들이쉬고 다시 잠수했다. 경사의 평평한 곳에 걸린 물체를 집어 들고 흙을 털어내니 사람의 두개골이었다. 두개골의 뻥 뚫린 눈이 자신의 안식을 방해한 사람을 귀찮다는 듯이 응시했다. 그는 두개골 따위는 무섭지 않았다. 살아서 움직이는 사람이 골치 아프고 가끔은 두려울 뿐이었다. 이 두개골은 도대체 어디서 살았던 사람의 것일까? 두개골을 가지고 올라갈까 망설이다가 원래 자리에 올려놓았는데 제대로 걸리지 않는 바람에 아래로 떨어지고 말았다. 두개골은 방해를 받지 않아 다행이라는 것처럼 연못 하부의 어둠 속으로 빠르게 가라앉으며 사라졌다. 그가 연못을 빠져나오자 그를 기다리던 일행이 물었다.

"도대체 뭐가 있어요?"

"아무것도."

태성이 말했다.

"늦었습니다. 출발하죠."

태성은 쿠요 제도의 산호세 섬으로 배를 몰았다. 묵직하게 자리를 잡은 순익은 입을 꾹 다물고 바다만 바라보고 있었다. 장욱은 어제의 숙취가 풀리지 않은 듯 아직 선실에 누워 있었다. 태성은 선착장이 가까워지자 속도를 줄였다. 전통시장에서 물과 식량을 추가로 구입할 계획이었다. 태성은 목표에만 열중해 있는 승객들에게 필리핀 사람들의 생기 넘치는 거리를 보여주고 싶었다. 관광지로 개발되지 않은, 필리핀 내만에 깔린 무수한 작은 섬들은 마을주민의 순수한 마음과 때 묻지 않은 풍광을 마음껏 즐길 수 있는 곳들로, 주민들은 순박하게 여행자를 환영하였고 후한 인심을 나눴다.

정박지에 배를 대자 관리하는 어민이 나와 맞이해주었다. 그는 태성의 정박에는 동의했지만 항이 좁아서 오래 머무를 수는 없다고 말했다. 산호세 섬의 작은 항구는 초라한 옷차림의 사람들로 넘쳐나서 옷차림만으로 보자면 태성 일행은 왕족에 해당할 정도였다. 주민들은 먼 섬을 들른 이방인에게 호기심을 보이면서도 감히 가까이 다가서지를 못했다. 태성 일행이 시선을 보내면 그들은 평화롭지만 조심스러운 미소를 담뿍 담아 응답했다. 그들은 물건을 팔면서도 태성 일행을 모국에서 공물 받으러 온 식민지 관리나 되는 듯 조심스럽게 대했다.

태성은 터지지 않는 휴대폰을 배낭에 집어넣어 버렸다. 띄엄띄엄 떨어진 섬에는 중계기지도 없어 무용지물이었다. 그들은 부두 가까운 식당에서 아도보를 먹었다. 간장에다 단것을 넣은 짭짤하고 달콤한 국물에 큼지막하게 썬 감자와 양파와 당근, 돼지고기가 들어간 요리였다. 장욱은 장조림 같다며 밥에 비볐다. 입맛에 맞다는 장욱의 말에 주연이 장욱의 입맛에 맞지 않는 음식이 어디 있겠느냐고 응수했다. 태성이 새우를 넣은 시니강을 주문했다. 장욱이 호기심을 보이며 새콤한 국물을 한 숟가락 입에 떠 넣고는 신맛에 질겁하면서 바닥에 뱉어내고 말았다.

식사를 마친 그들은 요트로 향했다. 부두에는 낡고 작은 여객선 한 척이 손님을 기다리고 있었다. 그 옆으로 벌겋게 녹이 슬어 정박한 채로 시간과 함께 삭아가는 철선에 새들이 무리 지어 쉬고 있었다. 해조류가 달라붙어 변색된 방파제는 높이가 낮고 허물어진 곳도 있어 태풍을 맞으면 견뎌낼까 불안한 모습이었다. 이방인과 관광객이 들르지 않는 섬은 무풍지대에 갇힌 범선처럼 답답해 보였다.

대합실에서 승객들은 바구니와 낡은 가방을 들고 자신들을 태우고 갈 여객선을 기다렸다. 대합실은 퀴퀴한 냄새가 풍겨 나오는 칠이 벗겨진 시멘트 건물이었다. 주민들은 불쾌하게 고인 공기 속을 느긋하고 여유롭게 다녔다. 긴 의자가 두 개밖에 없어서 바닥에 앉은 승객들 사이로 노점상들이 돌아다니면서 먹을 것을 사라고 졸랐다. 일행들은 주변으로 시선을 무심히 던지면서 대합실을 걸었다. 대합실을 지나서 좁은 안벽을 조금만 걸으면 요트를 댄 선착장이 나왔다.

필리핀 승객들이 떠드는 소리로 시끌벅적한 대합실이 별안간 조용해졌다. 태성은 기분 나쁜 정적에 조심스럽게 옆을 돌아보았다. 막 들어온, 자주색 치마를 입고 머리에 까마귀 깃털을 꽂은 할머니 때문이었다. 부두 주민들은 할머니가 부대를 사열하듯이 승객들에게 시선을 보내자 몸을 움츠리면서 얌전해졌다. 필리핀의 섬이나 산간지역에서 활동한다는 주술사 같았다. 할머니가 늘어뜨린 잘 땋은 머리카락 끝 쪽에 색색의 구슬이 주렁주렁 매달려 있다. 할머니는 각진 턱에 자세가 꼿꼿했으며 굳게 닫은 입술에 눈빛이 깊고 매섭게 번쩍거려 사람을 압도하는 인상이었다.

할머니가 태성 일행 앞에 와서 멈춰 서더니 분명하고 위엄 있는 어조로 말을 했다. 일행이 할머니를 바라보며 가만히 서 있자 할머니는 엄하게 질책하는 어조로 다시 입을 열었다. 카랑카랑한 목소리에서 귀에 익은 단어가 반복해 들렸으나 도무지 맥락을 잡을 수는 없었다. 그러자 옆에서 일행을 지켜보던 남자가 태성에게 다가왔다. 남자는 망설이면서 필리핀 억양이 섞인 영어로 말을 건넸다.

"당신들이 토스쿠를 찾는다는 이야기에요."

남자가 활활 타는 숯불을 조심스레 옮기는 것처럼 목소리를 낮춰 조심스레 말했기에 태성은 처음에 알아듣지를 못해 되물었다.

"뭐라구요?"

남자는 두려운 표정으로 목소리가 더 기어들어 갔다.

태성이 토스쿠가 뭐냐고 물었다. 그것이 섬의 주민들과 어떤 관계를 맺고 있는지 직접 알고 싶었다. 관심 깊은 단어를 듣자 박순익이 둘 사이에 바짝 붙어 섰다. 남자는 그 이름을 입에 올리기를 꺼리며 질린 얼굴로 말을 이었다.

자신을 닮은 사람을 자기들 방언으로 토스쿠라고 부른다. 그것은 우리가 닿지 못하는 별개의 세계에 거주한다고들 말한다. 토스쿠는 '또 다른 문' 즉 저 세상으로 넘어가는 문이라는 뜻으로도 쓰인다. 그러니까 토스쿠는 또 다른 문에서 만나는 낯설면서도 친숙한 존재다. 그런데 토스쿠를 만난 사람은 아주 큰 행운이나 불운에 부닥치게 되지만 어느 쪽이 될지 아무도 모른다. 왜냐하면 토스쿠는 자기 자신과 똑같이 살아가는 육체를 지닌 혼령인데 그게 천사 편에 가까울 수도 있지만 정반대로 악마 쪽일 수도 있기 때문이다. 사람은 누구나 천사 같은 면과 악마 같은 모습을 함께 담고 있다는 말이었다. 누구나 우러러보는 성인 같은 사람이 무서운 범죄를 저지르거나, 악하기 짝이 없어 모두가 배척하는 사람이 깜짝 놀랄 선한 일을 하거나 심지어 회심해서 완전히 딴사람으로 변하는 일이 있지 않느냐는 거였다. 그리고 토스쿠를 만난 사람이 평소에 착한 일을 많이 했는지, 아니면 악업을 쌓았는지도 운을 결정하는 요인이라고 했다. 사람은 자기 자신이 저지르고 쌓은 악한 행위와 선업을 객관적으로 평가하지 못한다. 그래서 토스쿠와 부딪친 사람이 얻을 운이 인생을 뒤바꿀 행운인지, 아니면 지옥의 진창으로 끌고 가는 악운인지 모른다는 말이었다. 그러니 토스쿠를 만난 사람은 그것이 자신에게 좋은 영향을 미치게 하고 혹시나 가져올 악한 미래를 피하도록 조치를 취해야 한다는 거였다. 아마도 그쪽 지방에서는 선한 토스쿠가 다녀가면 더 잘되도록, 악한 놈이 지나가면 해악이 없어지도록 주술을 펴는 모양이었다. 그건 토스쿠에 관한 섬 특유의 주술적인 해석에 불과한지도 몰랐다.

태성이 남자에게 물었다.

"이 할머니는 누구요?"

남자는 조심스럽게, 주술사인데 영험이 대단한 분이라고 했다. 그런 주술사는 필리핀뿐 아니라 동남아의 어촌마을마다 널렸을 수도 있었다. 주술사는 질병을 치료하고 미래를 예언하는 주문을 외우고 신목을 태운 재를 몸에 발라주고, 얼굴에 붉은 물감을 찍어주거나 부적을 목에 걸어주었다. 그러나 태성은 일행들이 찾는다는 존재에 대한 남자의 설명을 믿지는 않았다. 폭풍 치는 바다는 섬 주민의 목숨을 좌지우지했고, 바다와 삶이 얽힌 주민들은 금기와 주술과 우상을 만들어내고 신봉했을 것이다. 남자가 말한 토스쿠도 그런 우상과 주술의 하나가 아닐까.

태성은 할머니의 위엄에 찬 자세와 형형한 눈빛이 맘에 들었다. 요트를 선착장의 어선 옆에 대도록 도와준 주민들에게 조금이라도 보답하고픈 마음도 없지 않았다. 태성은 남자의 말을 일행에게 전해주고 자세를 바로 하고 할머니에게 500페소를 건넸다. 100페소를 주고 싶었는데 주머니에서 꺼낸 돈이 하필이면 500페소였다. 머리를 숙이고 두 손으로 지폐를 할머니에게 건네자 할머니는 당당한 자세로 돈을 받아 들었다.

그리고 할머니는 그 옆의 어린애를 손으로 가리켰다. 머리가 짧고 땟국이 얼굴에 전 어린 사내애에게도 태성은 필리핀 사람의 하루 일당에 값하는 500페소를 건넸다. 그러자 할머니는 또 다른 계집아이를 태성의 앞에 불쑥 내세웠다. 도대체 계집아이가 어디에 숨어 있다가 나타났는지 모를 일이었다. 태성은 슬슬 짜증이 났다. 그에게로 쏠린 대합실의 사람들 시선을 의식하면서 태성은 주머니를 뒤졌다. 장욱이 100페소와 200페소의 돈을 모아 아이에게 건네자 아이는 큰돈을 받아 든 당황스러움과 부끄러움, 그리고 기쁨이 섞인 미소를 지으면서 뒤로 물러났다. 박순익은 흥미롭게 태성과 할머니의 거래를 지켜보고 있을 따름이었다. 그런데 할머니는 더러운 맨발에다 헝클어진 머리에 때가 까맣게 묻은 계집아이 하나를 다시 내세웠다. 태성은 할머니 주위 곳곳에 아이들이 숨어 있는 것이 아닐까 생각하면서 순간적으로 화가 치밀었다. 그러나 그는 긴 숨을 두 번 쉬면서 평정심을 잃지 않으려고 노력했다. 남사장의 필리피노 가족들을 지켜보면서 이들이 분노와는 거리가 먼 사람임을 배웠다. 그들은 한국인 관광객이 화를 내거나 언성을 높여서 따지면 미친 사람이 아닌지 의심스러워했다.

태성과 다른 일행이 주머니를 뒤지자 할머니는 순익을 가리키며 큰 소리로 말했다. 옆에 선 남자가 순익에게 죽음의 토스쿠가 얼굴에 보인다며 액을 막아야 한다고 전했다. 순익은 할머니를 쳐다보며 고개를 젓고는 거만하게 목을 세웠다. 할머니가 빠르게 뭐라고 말을 잇고는 손을 쳐들면서 순익에게 다가서자 그는 두 걸음을 물러섰다. 그러고는 남자에게 말했다.

"가까이 오지 말라고 말해 주겠소?"

태성이 주연과 장욱의 돈을 보태어 아이에게 건네자 할머니는 손목에 끼고 있던 묵주 팔찌 한 쌍을 풀어 태성의 손목에 감아 주었다. 묵주는 질기고 탄력 있는 실로 꿰어져 있었는데 원래 지녔던 검은색에 붉은 염료가 진하게 발라져 있었다. 또 하나는 오래된 암회색의 열매로 엮은 물건이었다. 그러자 주위에서 일행을 숨죽여 지켜보던 주민들의 안도하는 숨소리가 들리는 것 같았다. 할머니는 중지로 태성의 이마 한가운데를 탁 짚으면서 카랑카랑하면서도 운율 있는 주문을 외웠다. 그러자 태성은 신기하게도 머리가 맑아지고 몸이 가벼워지는 느낌이 들었다.

일행이 대합실을 지나가자 영어로 말을 건넸던 남자가 다가와 태성을 칭찬했다. 당신은 부두의 할머니에게서 큰 축복을 받았노라 설명했다. 태성은 고맙다고 대답했지만 속으로는 필리핀 내만의 이름도 알려지지 않은 주술사 할머니의 축복을 받아보았자 대수가 있을까, 하는 생각이 들었다. 그들은 독실한 가톨릭교도였지만 그들은 내면 깊숙이로는 예로부터 내려오는 섬사람 특유의 미신과 운명에 집착하고 있는지도 몰랐다.

태성이 요트의 로프를 풀자 한 늙은 어민이 태성 일행에게 어디로 가는지 물었다. 노인은 이마에 주름살이 깊게 패고 손이 억셌다. 순익이 높은 산이 있는 휘어진 섬 지도를 꺼내 어민에게 보여주자 어민은 모르겠다며 고개를 흔들었다.

"우리는 남쪽의 카가얀 제도로 갑니다."

어민이 날씨가 좋지 않을 것 같다고 말했다.

"예보는 그다지 나쁘지 않다고 나왔는데?"

노인이 치아가 빠진 입을 벌려 히죽 웃었다.

"기상예보를 믿나? 여기는 먼 섬이야. 바람과 파도가 변하고 있으니까."

그가 핏줄이 튀어나온 마디 굵은 손으로 하늘을 가리켰다. 맑고 조각구름이 여유롭게 떠 있는 하늘의 동쪽으로 검은 구름이 몇 조각 나타났으나 표정이 사납지 않은 어린 구름이었다.

"일이 급한가?"

"무슨 말씀입니까?"

"반나절만 쉬었다 가면 어때?"

태성이 순익을 쳐다보았으나 그는 가볍게 말했다.

"주술사 할멈 다음에는 날씨 예언자군."

그는 바다가 사나워지면 처지를 봐서 피하면 되지 않느냐고 말했다.

"어쨌든 또 다른 섬으로 갈 수 있겠지."

노인이 더는 권하지 않고 담담한 얼굴로 요트를 향했다. 얼마 있다가 배가 튼튼해 보인다고 말하고서 노인은 뒤돌아섰다.

그들은 배를 띄워 바다로 나갔다. 하늘은 맑은 모습을 유지했다. 배가 남쪽으로 내려가자 바람은 습기를 머금었고 검은 구름이 무게를 더하며 자라났다.

순익은 시가를 태우고 있었다.

"마지막 시가야."

그는 태성에게 싱긋 웃으면서 바다로 시가를 던졌다. 아직 채 꺼지지 않은 붉은 빛이 멀어지더니 흔적도 없이 파도 속으로 사라졌다. 그가 태성의 어깨를 두드리며 주술사 할머니는 신경 쓸 필요가 없다고 말했다.

"할머니가 액운을 말하지만 그건 컴퓨터 프로그램의 버그와 같은 거야."

"버그요?"

"그래. 컴퓨터 작동을 방해하는 프로그램 오류에 불과하지."

"하지만 버그로 시스템이 엉겨 버리기도 하지 않습니까?"

"그럴 경우도 있어. 하지만 충분히 대처할 수 있고 또 늘 잘 대응해 왔으니까."

"해법을 항상 잘 찾은 건 아니지요. 많은 대가를 치르기도 했고."

"아쉽지만 대가를 치러야 할 땐 치러야 하지. 하지만 전체의 일부분에 불과하니까."

태성이 화제를 돌렸다.

"장 박사가 있다는 섬의 방향이 남쪽 맞습니까?"

"정확히 모르지만 좌우간 그쪽 방면인 것은 맞소."

"참 막연한 정보군요."

"만나는 섬마다 들러서 지도의 섬과 장 박사를 아느냐고 물어볼 참이야."

"하지만 그 지도란 게 너무나 어설퍼서……."

"맞아. 막연하고 뜬금없는 정보지. 우리도 꼭 그 섬을 찾을 거라고 믿지는 않아. 장 박사가 우리가 찾아오는 걸 반길지 알 수도 없고."

"그런데도 꼭 찾아가야 하는 이유라도?"

"장 박사는 우리를 떠받치는 일종의 기둥이지. 힘든 고비에서 도움을 받기도 했고."

"가족의 불행을 불러일으킨 건, 장 박사를 닮은 선생님의 소신이 아닐까요?"

"아픈 데를 찌르는군. 하지만 그것과 달라. 가족의 불행은 내가 사는 스타일에서 왔고, 우주와 사물의 작동방식에서 오지는 않았으니까."

"제 경험에 따르면 둘은 아무래도 연결이 된 것만 같은데요."

"그럼 선장은 이 마당에 내가 어떤 희망을 품어야 할 것 같소?"

"글쎄요. 전 현대 문명이, 아니 현대의 유일한 가치인 과학이 넘지 못하는 지점에 오히려 희망이 있지 않을까 봅니다만."

"흠. 선장, 아주 철학적인 답변이야. 그러고 보면 당신도 이미 어떤 희망을 설정하고 있지 않나? 가다가 막히면 해답은 지난 시대에 있을 거라는……. 그러나 그 지난 시대 역시 과학과 합리적인 정신으로 어려움을 뚫고 온 게 아닐까?"

동쪽에서 자라난 아기 구름이 하늘을 짓눌렀다. 먹구름이 순식간에 몰려와서 소용돌이치며 후두두 빗방울을 휘날렸다. 돌풍이었다. 습기를 머금은 바람이 시시각각 드세져 돛을 접어버려 우뚝 솟은 기둥이 요동쳤다. 엔진은 점점 힘을 더해가는 파도와 맞서서 요트를 겨우 앞으로 밀어내었다.

평온했던 바다는 순식간에 얼굴을 바꿔서 포말을 날리며 날뛰었다. 세찬 바람이 획획 하늘을 가로질러 배를 흔들었다. 바다에서 긴 놀이 달려와 배가 고꾸라졌다가 고개를 쳐들고 다시 앞으로 나아갔다. 거센 바람의 가운데로 들어간 배는 파도를 맞고 방향을 잃어가며 조종 각도가 틀어지기 시작했다. 오른쪽에서 커다란 파도가 일어서더니 파도의 물결이 배 위로 올라탔다. 측면에서 올라타는 파도에 꺾인 타륜이 틀어졌다. 태성이 순간적으로 타륜을 놓치며 고꾸라져버리자 주연이 재빨리 타륜을 붙잡아 왼쪽으로 틀고 배를 똑바로 세웠다. 뱃전에 부딪히는 파도가 조종실까지 덮쳤다. 폭풍의 중심에 들었는지 거센 바람이 불고 백파가 솟구치면서 허연 이빨을 드러냈다. 왼쪽 갑판이 기울면서 배가 파도에 잠겼다가 반대쪽으로 일어섰다.

조타대의 손잡이를 잡고 몸을 버티던 순익이 태성에게 말했다.

"운항하기 좋은 날씨가 아니군."

태성이 얼굴을 찡그리며 대답했다.

"반나절 일찍 나왔기도 하지요."

근육질의 파도가 선수를 강타했다. 선수를 때린 파도가 선미까지 치고 들어오면서 배는 물속으로 잠겨들었다. 바다는 으르렁대며 요트를 위협하고 있었다. 파도의 끝에 실렸다가 배가 밑으로 곤두박질치며 쏟아져 들어갔다. 주연은 난생처음 만나는 폭풍의 사나움에 놀란 얼굴로 조종실의 손잡이를 꽉 잡고서 버티다가 장욱과 함께 선실로 기다시피 들어가 버렸다. 사방에서 파도가 으르렁대며 배에 올라타려고 기승을 부렸다. 허공에 뜬 배가 내려앉으면서 선저가 울렸다. 요트 선체가 쥐어짜는 것 같은 섬뜩한 소리를 내며 파선을 알리는 신호를 보냈다.

높은 파도에 올랐다가 배가 아래로 내리박혔다. 그때마다 요트는 뒤집히지 않고 용케도 복원되었다. 선미가 들리면서 허공에 드러난 프로펠러가 공기를 가르고 엔진이 윙윙대며 헛돌았다. 엔진이 배겨낼까 싶었다. 선실은 사람들이 구르고 물건들이 뒤집히며 아수라장이 되었다. 높은 파도가 빳빳하게 닥쳐오자 태성은 눈을 감았다. 가까이서 받는 파도는 거대한 장막으로 덮는 것처럼 속수무책 당할 뿐이었다. 배는 깊숙이 가라앉았다가 다시 떠올랐다. 납으로 된 선저의 기다란 킬 복원력이 놀라웠다.

'남 사장이 배 하나는 잘 골랐어.'

태성은 비스듬히 파도의 옆면을 타면서 넘어갔다. 그는 자신도 모르게 염주를 쳐다보며 중얼거렸다.

'배는 전복되지 않는다. 전복되지 않아!'

돌풍이 천천히 물러나갔다. 구름이 움직이는 속도가 느려지면서 하늘이 평온해졌고 바다도 따라서 숨을 죽였다. 백파가 사라지면서 파도의 끝이 완만해졌다. 파도가 잦아들면서 요트의 요동이 줄어들고 안정을 되찾자 태성은 엔진을 저속에서 중속으로 바꿨다. 요트는 상처를 입었지만, 치명적인 부상을 당하지는 않았다. 엔진은 파도의 광란에도 무심하게 웅웅 돌아갔고 돛도 멀쩡했으며 선체에는 구멍이나 누수도 없었다. 빌지에서도 기특하게 물이 새어들지 않아 남 사장이 선택한 요트다웠다. 원해를 항해한 다부진 놈이라는 남 사장의 칭찬이 어느 모로 보나 틀리지 않았다. 파도가 잔잔해지면 태성은 업무를 마치고 돌아가면 된다. 선실을 채운 식수와 식량은 충분했고 배는 안정적인 궤도를 되찾았다. 태성이 그런 생각에 젖어 있는 사이에 해무가 슬그머니 퍼지기 시작했다. 조종실에 깔린 무거운 정적을 주연이 깨뜨렸다.

"장 박사를 만나기가 쉽지는 않네요."

태성이 말했다.

"필리핀의 바다는 넓은 데다 무려 태평양이야. 언제든지 뒤집힐 수 있죠."

6

오장욱이 진한 커피를 끓인 포트를 들고 선실에서 올라왔
다. 그는 태성에게 듬뿍 한 잔을 부어주었다.

"죽는 줄 알았어요."

순익이 말했다.

"사람은 힘든 상황에서도 쉽게 죽지 않아."

"그럼 예상치 못한 곳에서 죽음이 찾아온다는 말씀인가요?"

"그렇지. 그게 죽음의 속성이니까. 놈은 인간의 뒤통수를 치
기 좋아해."

일행들이 커피를 마시는 자리에서 주연이 장 박사를 찾는
일의 위험성을 새삼 깨달았다고 말했다.

"우린 솔직히 남국의 섬을 즐긴다는 마음이 없지 않았어요.
끔찍한 폭풍이 휩쓸 줄은 꿈에도 몰랐죠. 박순익 선생이 장 박
사를 찾는 여정을 권할 때는 낭만적으로 보이기까지 했어요.
하지만 호된 여행이 되고 말았네요."

오장욱이 말했다.

"폭풍이 도사리는 줄 알았다면 오지 않았을지도 모르죠."

박순익은 은근한 비난에도 잠자코 커피를 마셨다. 그는 장 박사가 목공 제작소의 칠판에 쓴 수식을 떠올렸다. 미분과 적분, 벡터와 위상수학에 입력과 출력의 프로그램 기호로 찬 수식에는 번뜩이는 아이디어들이 자라고 있었다. 순익은 그가 수식을 쓰고 상념에 빠진 모습을 좋아했다. 수식은 완벽한 균형과 조화와 시작과 결말을 갖춘 완성체였다. 갈등과 분열과 미움과 전쟁이 없는 유토피아였다. 로봇 '후예'는 자신의 창조주 옆에서 칠판을 올려다보곤 했다. 그러다가 자신의 머리로는 이해 못할 수식에 싫증을 내고 몸을 돌려 목공소의 탐색으로 돌아갔다. 순익은 장 박사의 인공지능을 키우는 수식과 로봇을 완벽하게 조율한다는 그의 의지에 감탄하곤 했다. 장 박사는 가설을 세우고 검증과 수정을 거쳐 진실에 따르는 먼 길을 꾸준히 걸어왔다. 그런 의지력은 순익에게 없는, 비어 있는 틈이었다. 순익의 치료는 장 박사가 빈틈을 메워 줌으로써 가능했다. 우울증을 치료하는 프로작과 같은 약물은 응급 처치의 위안이 되었을 뿐이었다. 그런 그를 먼 섬의 오지에 순식간에 못 박아둔 것은 무엇일까? 순익에게 한 가지 생각이 끊임없이 맴돌았다. 그게 무엇이든 해결 가능한 실체일 것이다. 순익이 그렇게 다짐하면서 말을 꺼냈다.

"그래서 돌아가고 싶다는 말인가?"

주연이 꼭 그런 뜻은 아니라고, 예상치 않은 폭풍 한 번에 마음을 접을 만큼 나약하지는 않다고 대답했다. 그러면서 장 박사를 찾겠다는 마음이 박 선생님만큼은 절실하지 않은 점을 이해해 달라고 말했다.

박순익이 무뚝뚝하게 대답했다.

"만약 돌아가고 싶다면 언제든지 가도 좋아. 난 장 박사를 찾는 길을 멈추지는 않을 거야."

오장욱이 조타실의 측면 좌석에 앉아서 무거운 분위기를 가라앉히며 말했다.

"그러고 보니 우리는 목공소에서 자주 만났지만, 사적인 얘기는 별로 하지 않았군요. 괜찮다면 폭풍을 넘긴 기념으로 제가 최혜신 병원을 거쳐 장 박사의 목공 제작소에 가게 된 얘기를 할게요. 그리 지겹지는 않을 겁니다."

모두들 좋다고 말했다. 주연은 조종석의 좌석에 몸을 기대고 박순익은 선실 승강장 쪽에 앉아 이야기를 들었다.

오장욱은 정밀가공업체의 사무직원으로 일했다. 직장에서 치밀하게 일을 처리하지도 못했고, 윗사람을 잘 떠받들지도 못하는 고만고만한 직원으로 늘 이직을 꿈꾸는 사람이었다. 그는 직장보다 방에 박혀서 희곡을 쓸 때가 살아 있는 것 같아 즐거웠다. 그러나 신춘문예에 응모를 하면 번번이 떨어지곤 했다. 그가 프로펠러에 동력을 전달하는 막대 모양의 샤프트를 자동차에 싣고 회사를 떠난 것은 그날의 자정 무렵이었다. 정밀하게 샤프트를 가공하고 차에 실은 공작실 직원은 막

퇴근했다.

그는 샤프트를 트렁크에서 뒷좌석 공간을 통해 앞좌석까지 연결해서 묶어 넣고는 길을 달렸다. 길고 차가운 바람이 자정의 도로를 가로질렀다. 달도 없는 초겨울의 밤이었다. 시들어 버려 변색된 낙엽 몇 장이 바람에 날려 차창 앞에 올라앉았다. 유리창에 낙엽이 앉아 잠깐을 버티고는 바람에 쓸려 뒤로 사라졌다. 오장욱은 운전석의 열선이 들어간 시트 스위치를 눌러 온기를 올렸다. 자동차 안이 지나치게 따뜻하면 졸음이 올까 봐 히터는 발아래 쪽으로만 약하게 튼 상태였다. 부두까지는 먼 길이었다. 그는 대정시를 둘러서 가는 지름길을 택했다. 자동차의 내비게이션에도 나오지 않는 지름길로, 밤에 가기에 적당한 곳은 아니었다. 그러나 그는 빨리 샤프트를 배달하고는 손을 털고 싶었다. 그는 자동차에 뭔가를 싣고 배달한다는 일에 거부감마저 들었다. 이런 식으로 업무가 늘어나게 되면 그로서는 도저히 감당할 수가 없었다. 구두쇠인 사장이 퇴사한 총무과 직원의 인원 보충을 하지 않아 그는 그렇지 않아도 가외의 일을 짊어지고 있었다. 샤프트 운반은 총무과 직원인 그가 할 업무는 아니었다. 부두의 선박 수리업체가 요트의 출항날짜에 맞춰 다급히 샤프트를 주문했고 새벽에 샤프트를 장착해서 시험운전을 해야 한다고 배송을 독촉하는 바람에 빚어진 일이었다. 트럭이나 배송 전문업체가 운반해야 할 업무를 급하다는 이유로 사장이 그에게 지시한 것이다. 새벽 시간대에는 전문 배달업체도 움직이지 않아 달리 뾰족한 방법이 없기는 했다. 트렁크에 싣고 뒷좌석 공간 사이로 빼니, 길다 싶었던 샤프트는 사장의 바람대로 자동차 안에 딱 들어갔다.

그가 지름길을 빠져나와 출발한 지 50분쯤이 지나서 131번 지방도를 달릴 때였다. 자동차의 바퀴가 헛돌았다. 오장욱이 이상을 느꼈을 때는 이미 늦어 자동차는 허공에 잠시 떠 있는가 싶더니 몸을 숙이고 아래로 처박기 시작했다. 헤드라이트 불빛이 허우적거리며 아래를 향하자 입을 벌린 시커먼 구멍이 그를 막아섰다. 구멍에서 빛을 받는 곳 외에는 날카로운 절벽처럼 느껴져 오장욱은 본능적으로 핸들을 꽉 붙잡았다. 그건 지옥의 입구처럼도 보였고 자신을 빨아 당기는 커다란 배수관 구멍처럼도 보였다. 그의 몸 각도가 앞으로 굽어지면서 오랫동안 갈증에 시달린 것처럼 목이 타들어왔다. 곧 닥칠 충격에 대비해서 온몸의 근육이 차갑게 굳어졌다. 그의 머릿속에서 어떤 판단을 하려는 움직임이 잠깐 스쳐갔으나 의미 있는 아무것도 붙잡지 못했다. 머릿속이 텅 비고 새하얗게 변해 버려 그는 섬광 속에 들어온 것만 같았다. 자동차가 구멍으로 추락하는 시간은 짧았지만 그에게 시간은 느릴 대로 느려져서 오랜 시간처럼 느껴졌다. 자동차는 도로에서 추락하는 중이었고 핸들을 꽉 끌어안고 있는 그로서는 추락을 막기 위해 할 수 있는 일이라고는 없었다.

자동차의 앞범퍼가 쿵 바닥에 처박히자 오히려 그는 안도

감을 느꼈다. 에어백이 터지면서 그를 세차게 후려쳤지만 어쨌든 자동차는 익숙한 땅에 자리를 잡은 것이다. 이상한 일이었다. 바닥에 자동차를 고정하는 홈이라도 있는지 범퍼를 바닥에 대고 수직으로 선 자동차는 조금 흔들렸을 뿐 그대로 서 있었다. 그는 조심스레 몸을 뒤로 젖히면서 자동차가 바퀴를 땅에 대고 안착하기를 바랐다. 그러나 자동차는 그대로 멈춰 서 있었다.

먼저 든 생각은 그가 운반하는 샤프트가 괜찮은지 여부였다.

그는 뚱뚱한 몸을 감싼 에어백을 힘겹게 헤치고는 차 문을 열었다. 허벅지가 쑤시면서 어깨에서도 통증이 솟구쳤다. 잠자코 있던 통증이 어둠 속에서 상체를 일으켜 세우는 것 같았다. 다행히 배달할 샤프트는 괜찮은 것 같았다.

자동차의 엔진이 멈춰 서고 헤드라이트도 박살이 나 버려 구멍은 조용하고 어두컴컴했다. 그는 낯선 행성에 도착한 기분으로 주위를 돌아보았다. 구멍의 너비는 크지 않았지만 제법 깊어 쉽게 탈출할 수 있을 것 같지는 않았다. 구멍에서 올려다본 하늘엔 두터운 구름이 잔뜩 찌푸리며 몇 겹씩 층이 져서 우울하게도 보이고 화가 난 것처럼도 보였다.

오장욱은 한숨을 쉬고는 자동차를 바로 세우려고 트렁크 쪽을 잡아당겼다. 손에 닿은 트렁크의 감촉이 섬뜩하게 차가웠다. 그러나 자동차는 앞쪽이 무언가에 끼인 것처럼 흔들리기만 할 뿐 제자리를 찾지는 못했다.

그는 휴대폰을 열고서는 119에 전화를 걸었다. 굵직한 남자 목소리가 응답하자 그는 금방 구조대가 도착한 것처럼 마음이 평안해졌다. 오장욱은 지금 닥친 상황을 밝히고 빠른 구조를 요청했다. 119구조대원은 지금 대정시의 연수원에 큰불이 나서 인력과 장비가 그쪽으로 모두 출동한 상태라고 말했다. 구조대원이 혹시 다친 곳이 없느냐고 묻자 오장욱은 다치지는 않았다고 대답했다. 그러자 화재 진압이 끝나는 대로 빨리 가겠으니 기다리라고 말하면서 저체온증을 대비해서 몸을 따뜻하게 하라고 덧붙였다.

오장욱은 전화를 끊고 구멍에 우두커니 서 있었다. 주위의 어둠이 더 짙어지고, 구름도 더 사나워졌으며 밤의 추위도 매서워진 것 같았다. 그는 옷을 얇게 입고 온 것을 후회했다. 자동차 안은 언제나 훈훈했기에 옷을 두껍게 입을 생각을 미처 못하고 출발해버린 것이다. 구조대원에게 몸을 따뜻하게 간수하라는 조언을 듣자 어떤 불길한 연상이 떠올랐고 갑자기 발이 시리고 몸에 한기가 들었다. 그는 수직으로 선 자동차의 트렁크를 애써 열었다. 앞쪽으로 우르르 몰린 트렁크 물건들을 뒤져 담요와 등산화를 찾아냈다. 그 물건들이 언제 어떤 이유로 그곳에 들어갔는지 알 수는 없었지만 구두를 등산화로 갈아 신고 담요를 두르자 한결 든든했다.

휴대폰의 배터리가 얼마 남지 않았다. 사무실에서 그는 깜

빡 잊고 휴대폰을 충전해두지 않았고 자동차 안에서도 잭을 연결해두지 않았다. 자동차 엔진만 돌아가면 모두가 잘 풀리려만……. 오장욱은 자동차를 다시 밀었으나 수직으로 박힌 자동차는 움직이지 않았다. 그는 자동차가 1톤이 넘는 엄청난 무게의 물건임을 절감했다. 그는 회사 직원이나 친구에게 연락해볼까 생각하다가 아직은 괜찮으니 기다려보겠다고 마음을 고쳤다. 새벽 1시에 일어나서 이곳까지 차를 몰고 달려오는 건 예삿일이 아니다. 그들은 왜 119가 구조를 하지 않고 자신이 달려와야 하는지 화를 낼지도 모르고 관계가 틀어져버릴지도 모른다. 만약에 견인차가 제대로 자동차를 건져내면 그리고 자동차 엔진이 돌아가기만 하면 자신이 샤프트를 직접 배달하는 게 누구에게도 폐를 끼치지 않고 순조롭게 일을 푸는 방법이다.

'사람이 염치가 있어야지. 염치가.'

오장욱은 혼잣말을 하고는 트렁크를 뒤져 작은 삽을 찾아냈다. 그는 혹시라도 자동차가 자신에게 넘어오지 않을까 훔쳐보면서 삽으로 자동차의 범퍼 뒤쪽 흙을 조심스레 파내고는 몸을 일으켜 세워서 자동차의 지붕 쪽을 잡고 뒤로 밀었다. 자동차가 반동을 받아 이쪽으로 조금 넘어오자 겁이 났지만 힘차게 되밀자 서서히 뒤쪽으로 기울어지다가 쿵 소리를 내며 제자리를 잡았다.

그는 자동차에 들어가서 운전석에 앉았다. 아무래도 한데보다는 따뜻했고 뭔가를 성취해 낸 것 같아 가슴이 뿌듯했다. 시동을 켜보았으나 차는 끽끽 소리만 낼 뿐 시동이 걸리지를 않았다. 앞 유리창과 옆 유리창 모두 흉측하게 금이 쫙쫙 나가 운전석에서 바깥 풍경이 제대로 보이지를 않았다.

그는 119에 전화를 걸고는 최대한 정중하게 말했다.

"131번 지방도에서 싱크홀에 빠진 사람입니다. 구조대가 언제 올까요?"

구조대원이 말했다.

"알고 있습니다. 10분 전에 신고한 분이시죠."

오장욱은 처음 전화한 시각에서 10분밖에 지나지 않았다는 말을 듣자 깜짝 놀랐다. 싱크홀에 빠지고 나서 한 시간 정도 지난 것처럼 느껴졌으나 시간을 확인하니 겨우 10분밖에 지나지 않은 게 사실이었다.

"연수원 화재 진압이 다 끝나가고 있습니다."

"그럼 언제쯤 올 수 있을까요?"

"화재 진압이 끝나도 객실을 수색하고 투숙객의 생존을 확인해야 하니까 시간이 더 걸릴 겁니다. 지금 그곳에 주위 소방 차량과 119구조대가 모두 집결해 있으니까요. 혹시 부상했거나 몸이 불편하지는 않습니까?"

오장욱은 그렇지는 않다고 대답했다. 구조대원이 말했다.

"야광 삼각대가 있으면 도로 앞쪽으로 던져 놓으세요. 도로를 달리는 차량이 구멍으로 뛰어드는 2차 사고를 막아야 하니까요."

오장욱은 삼각대가 트렁크에 있는지 알 수가 없다고 말했다.

"삼각대가 없으면 뭐라도 신호가 될 것을 도로 쪽에 던져요. 저희도 화재 진압만 끝나면 먼저 인원을 빼서 가겠습니다. 이미 현장에 출동 통보를 했습니다. 작은 도시이다 보니 저희 인력과 장비가 너무나 부족해서요. 그런 사정을 이해해주시면 고맙겠습니다."

"네. 제가 샤프트를 급히 배달해야 해서요."

"예? 뭐라고요. 뭘 배달해야 한다고요."

"샤프트 말입니다. 엔진과 프로펠러를 연결하는 장비 말입니다."

119에서는 잠시 말이 없었다. 오장욱은 괜히 샤프트 배달 얘기를 꺼냈다고 후회하면서 말했다.

"연락이 잘 안 될까 걱정입니다. 휴대폰 배터리가 다 되었는데 충전할 방법도 없다고요!"

"잘 알겠습니다. 빨리 구조를 못해 죄송합니다."

오장욱은 2차 사고를 조심하라는 119 구급대원의 말에 자동차 밖으로 나왔다. 갑자기 자동차 위로 트럭이 굴러 떨어지며 납작하게 깔리는 사고가 연상되었다. 그러자 그대로 앉아 있기가 힘들었다. 언론에서는 늘 도로에서 사고를 당하면 2차 사고를 조심하라고 보도하지 않았던가.

그가 트렁크를 뒤졌으나 삼각대를 찾을 수 없었다. 진눈깨비가 내리기 시작하면서 기온이 갑자기 뚝 떨어진 것만 같았다. 그는 뒷좌석을 뒤져서 우산을 찾아 펼쳤다. 바닥에 비가 고이면서 등산화 바닥이 차가워졌다. 그는 구멍을 따라 천천히 걷기로 했다. 바람이 휘익 구멍 위를 날카롭게 지나면서 구덩이에서 온기를 더 빼앗아가는 것 같았다. 오장욱은 누군가가 구멍에 함께 있어 주었으면 좋겠다고 생각했다. 조난에 대비한 장비를 잘 갖춘 사람이면 더욱 좋고 그렇지 않아도 상관없었다. 넓은 구덩이의 자동차 옆에 텐트를 치고 냉기를 막는 자리를 깔고 누워서 고적을 즐기는 것이다. 버너를 피워 뜨끈한 커피를 한 잔 마시면 사람을 옥죄는 구덩이 속의 차가운 습기가 몰려나가고 속이 따뜻해지면서 졸음이 몰려올지도 몰랐다. 상상 속 커피 향에 취한 그는 우산을 잡은 손이 뻣뻣해서 다른 손으로 우산을 옮기려다가 그만 어깨를 감싼 담요를 떨어뜨리고 말았다. 바닥에 고인 물에 담요가 털썩 떨어져 담요가 젖어 버리고 말았다. 그는 칠칠치 못한 자신에게 화를 내며 담요를 들어 보고는 자동차 뒷좌석에 던져 넣었다. 한기가 오싹하게 밀려왔다. 진눈깨비는 여우비로 변했다가 조금 더 빗줄기가 강해졌다. 그는 오지 않는 119에 화가 났다. 휴대폰을 꺼내 119로 전화를 걸었다. 휴대폰의 배터리가 얼마 남지 않았다는 경고 표시가 빨갛게 떴다.

"여보세요. 대체 언제 구조할 겁니까?"

그의 노기가 서린 목소리에 대응해서 상대방 119 구조대쪽의 목소리도 분노가 담긴 것 같았다.

"10분 전에 전화한 분입니까?"

오장욱은 또 10분밖에 지나지 않았다는 답변에 놀랐다.

"예, 저희가 막 그쪽으로 출동했는데 대정시 북쪽에 연쇄 충돌사고가 발생했어요. 갇힌 차에서 여러 명이 다쳤고 심각한 부상자도 생겨서요. 그쪽을 구조하는 대로 가겠습니다. 변동된 상황이 있습니까?"

오장욱은 체온이 떨어지고 하체가 비에 젖었으며 휴대폰 배터리가 다 되어간다고 말했다. 구조대원은 그 이야기를 듣고 저체온증을 조심해달라고 말했다. 오장욱이 언짢은 목소리로 빨리 구조해달라고 윽박을 지르며 전화를 끊었다. 구조가 늦어지는 건 119구조대원의 잘못만은 아니었다. 그는 점점 젖어들어 가는 신발을 신고, 물이 저벅저벅 차는 구멍을 돌아다녔다. 정신이 몽롱하고 몸이 점점 차가워지는 느낌이었다. 움직임이 둔해졌다. 그는 지나가는 차량이 위에서 덮치든지 말든지 될 대로 되라는 심정으로 자동차 안에 들어갈까도 생각해보았다. 그렇지만 119 신고소에서 말한 2차 사고가 꺼림칙해서 그는 조금 더 구멍 안을 돌면서 걷기로 했다. 그는 자동차에 실은 샤프트가 상하지 않고 안전하게 있어서 안심이라는 생각이 들었다. 구조대에서 지금 출발하겠다는 전화가 걸려왔다. 구조대는 특이한 상황이 없는지를 묻고 안전하게 있어달라고 오장욱에게 당부했다.

오장욱은 계속 구멍을 걷고 있었다. 빗줄기가 거세지면서 물이 차올라 철벅철벅 소리가 났다. 등산화는 가벼운 방수만 가능한 제품이라 발에 물이 들어와 시리고 불쾌했다. 그는 조금 전에 출발했다는 구조대가 곧 도착하기를 기대하면서 과연 그 전화를 받았는지 의심이 들었다. 언제쯤 전화를 받았을까? 그가 전화를 받기는 받은 걸까? 그는 차가운 몸을 흔들면서 휴대폰을 열어 발신자를 확인하려고 하자 휴대폰의 배터리가 나가면서 전화가 툭 끊겼다.

그는 물이 차오르는 구멍을 다시 걷기 시작했다. 땅 위에서 흐르는 물의 물길이 구멍 쪽으로 났는지 물이 제법 흘러들어 왔다. 그는 발목까지 차오르는 구멍에서 혼란스럽고 의식이 흐려졌다. 제멋대로 편집해서 앞뒤가 뒤죽박죽인 영화를 보는 느낌이었다. 피부가 창백하고 차가워지고 몸 구석구석을 찌르는 통증으로 따가웠으며 몸이 아주 둔해진 느낌이었다. 몸이 더욱 떨리면서 그는 비틀거렸다. 전화가 울려대 받았으나 착각이었다. 이미 배터리가 다 된 전화였기 때문이다. 휴대폰은 왼쪽 주머니에 들어 있었으나 오른쪽 주머니에서 전화 벨소리가 들렸다. 그는 전화벨이 울리는 환청에 시달리며, 빌어먹을, 하고 분명치 않은 발음으로 중얼거렸다. 점점 걷기가 힘들어졌다. 그를 빠져나간 영혼이 허공에서 그를 내려다보고 있다는 생각이 들었다. 오장욱은 하늘을 올려다보았다. 뭔가 뿌연 것이 흔들리면서 그를 지켜보는 것 같았다. 그가 하늘을 향해 몇 마디 말을 중얼거리자 하늘에서도 그에게 응답해서 말을 걸어 주었다. 그는 응답에 기뻤고 외롭지 않다는 감정이 들어 감격했다. 이것에 이름을 붙인다면 토스쿠라고 불러도 좋으리라. 멀리서 구조대의 사이렌 소리가 들렸으나 그 소리는 가까워지는 것 같기도 했고, 구멍에서 더 멀어지는 것 같기도 했다.

그는 구멍 위를 쳐다보았다. 뭔가가 웅웅대며 가까이 오고 있었다. 그는 구멍을 덮는 커다란 그림자를 보았지만 그것이 뭔지를 가늠할 수가 없었다. 그는 처음에는 25톤 트럭이 구멍을 덮쳤다고 생각했으나 트럭치고는 그림자가 거대했다. 그는 하늘을 쳐다보고 그림자가 계속 짙어가는 걸 구경했다. 연한 어둠에서 짙은 어둠으로 마침내 캄캄한 어둠으로 그림자는 모습을 바꿔 나갔다. 오장욱은 캄캄한 어둠 속에서 중얼거렸다.

구조대는 언제 오는 것일까? 구조대가 그래도 가까이는 왔겠지.

오장욱이 어떻게 구멍을 빠져나왔는지는 그 자신도 몰랐다. 그는 몸의 불꽃이 꺼질 즈음에 마지막 힘을 뽑아 필사적으로 구멍을 기어올라 밖으로 나왔던 것 같다. 어쩌면 환각 속에서 구멍을 덮치는 트럭을 보고 피하려고 기어 나왔는지도 몰랐다. 비에 푹 젖어 유령 같은 모습으로 131번 지방도를 방황하는 그를 지나가는 자동차가 발견했다. 오장욱은 거의 의식이 없었으며 알아듣지 못할 헛소리를 중얼대고 있었다.

응급실로 이송된 오장욱은 공황장애와 망상에 시달렸다. 그는 밖으로 나서기를 무서워했고 건물이나 도로가 무너진다는 생각에 길을 걷지 못했다. 그가 최혜신 의사의 치료를 받고 장 박사의 목공제작소로 간 것은 싱크홀에 빠진 날로부터 5개월이 지나서였고 취미인 희곡 창작에 다시 손을 댄 것은 6개월이 더 지나서였다. 최혜신 의사의 치료는 뛰어났다. 장 박사가 창고의 벽에 걸어둔 화이트보드에 수식을 잔뜩 쓰고 생각에 잠기면 오장욱은 주눅이 들었지만, 그와의 만남도 나쁘지 않았다. '후예'라는 로봇도 맘에 들었고 놈이 마당을 움직이며 장애물을 만날 때마다 겁에 질리거나 갈등하는 모습에 많은 위로를 받았다. 놈은 태양을 쏘기는커녕 계단도 제대로 오르내리지 못했다. 장 박사와 같은 뛰어난 공학자도 저 정도 물건밖에 못 만들다니 아주 유쾌했다.

주연이 오장욱에게 물었다.

"구조대가 오기는 했나요?"

"아. 구조대 말이죠. 지름길로 달려오다가 부근에서 길을 헤매고 있었지요."

"기가 막히네요."

"뭐, 그쪽도 고의로 그런 건 아니니까요. 서로 운이 좋지 않았던 거죠."

"공황장애였는데 바다가 무섭지는 않고?"

"바다는 탁 트여 있어서 그런지 두렵지 않아요. 도로나 건물을 지나면 지금도 긴장하지만 말이에요."

태성은 자신이 트럭을 몰 때 바퀴 아래의 땅이 갑자기 꺼진다고 상상하자 막막하기 그지없었다. 자신을 지탱하는 도로가 사라지다니, 절대적인 불안이었다. 그러나 태성의 삶 곳곳에도 자신을 버린 어머니를 비롯한 인생의 싱크홀이 숨어 있었다. 자신이 어쩌지 못하는 불가항력적인 힘 안으로 빠져드는 것, 장 박사와 토스쿠를 찾는 이 여정도 그런 싱크홀의 하나일까? 태성이 그런 상념에 젖은 사이에 약하게 깔려 있던 해무가 무럭무럭 자라났다.

순익이 바다를 가리켰다.

"봐, 흰색 거인이 우리를 포옹하는 것 같아."

안개는 서서히 배를 감싸기 시작했다. 얼마 지나지 않아 안개는 승객들의 숨소리도 새 나가지 않을 촘촘함으로 헌터 35호를 완강하게 감아버리고 말았다. 마치 수십 겹의 흰 그물을 쳐놓은 것 같은 안개를 요트가 뚫고 나아갈 성싶지 않았다. 눈앞의 선수조차 안개에 둘러싸여 모습을 잃었고 배의 하체마저 사라져 그들은 조종실 바닥을 딛고 둥실 떠 있었다.

주연이 놀라서 질린 얼굴로 주위를 둘러보았다.

"이렇게 짙다니. 놀랍네요. 마치 안개가 우리를 사냥한 것 같아요."

폭풍을 얻어맞고도 오장욱은 여전히 기가 죽지 않았다. 오히려 생존자의 여유까지 갖춰 조종실을 이리저리 돌아다녔다.

그는 감개무량한 표정으로 안개를 돌아보면서 입을 열었다.

"사냥꾼 명칭을 단 요트가 도리어 안개에 사냥을 당하다니. 하지만 나는 안개를 긍정해요. 안갯속에서 우리는 고독을 지렛대 삼아 진정으로 새로운 길을 모색할 수 있으니까요."

요트는 안개를 뒤집어쓰고 흔들리면서 앞으로 나갔다. 그러나 요트가 앞으로 나간다는 것은 탑승자들의 착각일지도 몰랐다. 동과 서를 가리키는 표식이 없었기 때문이었다. 자이로 스코프는 작동하면서 남쪽으로 방향을 잡고 있었으나 안개에 휩싸이면 전자기기가 정확한지 알기가 힘들었다. 인간은 자신의 감각 잣대가 사라지면, 시각과 청각 어디서도 물리적 신호가 연결되지 않으면 무력증에 빠져버리고 마는 존재였다. 어쩌면 나침반도 안개를 헤매면서 자신을 의심하고 있는지도 몰랐다. 헌터호는 지독한 안개를 들이마시며 낯선 세계를 맴돌 작정처럼 보였다. 그처럼 요트는 미지의 시간으로 흘러들어가 휘청대며 방황했다.

헌터호에는 레이더가 장착되지 않았으나 있다 한들 짙은 안개와 낮은 구름에 오작동했을 터이니 별 도움이 되지 않았을 것이었다. 내일의 해가 빨리 떠올라야 안개를 걷을 텐데. 태성은 생각에 잠겨서 밀림과도 같은 안개를 꼼짝 못 하고 들여다보았다.

조종실에 앉아서 압도하는 안개에 젖은 승객들도 바다를 몽땅 삼키려 드는 해무에 질려버린 모양이었다. 주연이 구명

조끼를 휘저어서 해무를 날려 보내려고 했지만, 주연의 손을 슬며시 빠져나간 해무는 여지없이 다시 휘감겨 들었다.

"해무가 언제 걷힐까요."

주연이 답답한 나머지 태성에게 물었다.

"모르겠어요."

"해무에 갇혀 빠져나가지 못하는 건가요."

주연은 태성이 해무의 운명을 쥔 자인 것처럼 물었다.

"그럴 리는 없지요. 그보다 다른 선박과 충돌하는 것을 방지해야 합니다. 여기를 선박이 지나다닌다면 말이죠. 대형 선박의 눈에 우리 배는 떠도는 나무토막으로밖에 안 보일 테니까."

주연이 말했다.

"안개는 이상도 하지요. 사물과 사람을 몽땅 녹여 마셔버릴 것처럼 덤벼드니까요. 어릴 적부터 이 속에 갇히는 게 무척 두려웠어요."

장욱이 말했다.

"그럴 만도 해요. 안개는 풍경의 아름다움을 몽땅 가려버리니 말입니다. 안갯속에서야 대체 누구에게 자신의 아름다움을 자랑할 수 있겠어요?"

"아, 무슨 말을. 안개가 풀어내는 불확실성이 힘들지요. 우리가 가는지 오는지, 아니 서 있는지조차 모를 만큼 잣대를 없애버리잖아요. 안개 스스로가 자신의 잣대일 뿐이에요."

"그렇지요."

장욱은 흔쾌하게 동의했다.

"항해하기는 아주 좋지 않은 날씨죠. 안개가 내 몸을 뚝뚝 썰어서 먹어버린다는 상상이 들지 않나요."

주연이 얼굴을 찡그리며 몸서리를 쳤다.

"그런 말 마세요. 끔찍한 예언 같지 않나요."

순익이 안개를 뚫고 앞으로 나가 메인세일의 기둥을 붙잡고 앞을 바라보았다. 요트가 한 겹 짙은 안개를 헤치고 나가면 실타래가 풀리는 것처럼 길이 뚫렸다가 또 다른 장막에 갇혀 들었다. 안개는 암회색 통로를 만들어 보여주었다가는 금세 싫증을 내면서 통로를 지워버렸다. 배는 변덕스러운 거인이 뿜어내는 젖빛 마법 지대를 떠돌아다녔다. 드세었던 파도마저 안개에 기가 죽어 가슴을 펴지 못했다. 그는 영원한 강물처럼 흘러다니는 안개의 전방을 주시했다. 시간은 느리게 맥박을 돌렸다. 하지만 한편으로는 긴 시간이 흐른 것처럼도 느껴졌다. 안개는 모든 것을 엉망으로 만들고 재미있게 지켜보는 개구쟁이로 변신한 것 같았다.

7

안갯속에 묻힌 박순익이 갑자기 소리쳤다.

"불빛이다!"

불빛이 멀리서 잠깐 비쳤다가 안개에 가려 모습을 지우고는 은은하게 비치는 자국만을 남겨놓았다. 바다에서 보이는 불빛은 대개 등대와 항해등이었다. 만일 항해등이라면 선박의 행로를 알아야 요트를 비킬 수 있었다. 그러나 다시 나타난 불빛은 움직이지 않는 외눈박이 거인의 눈처럼 허공에 박혀서 희미하게 빛나고 있을 뿐이었다. 불빛이 회전하지도 번쩍거리지도 않아 암초를 경고하는 등대는 아니었다. 태성이 엔진을 끄자 배는 관성으로 천천히 나아가기 시작했다.

눈앞에 검은 벽이 어슴푸레하게 나타났다. 그러다가 바람이 안개를 걷어냈는지 획 시야가 뚫려 훤한 공간이 드러났다. 어슴푸레하게 보였던 형체는 놀랍도록 가까이에 있었다. 윗부분이 안개에 가려진 거대한 몸체를 보자 모두가 동시에 외쳤다.

"절벽이다! 절벽이야!"

태성이 시동을 급하게 걸어 요트를 후진시켰다. 요트가 파도를 받아서 왼쪽으로 몸을 틀면서 뒤로 물러나자 절벽의 실체가 드러났다. 흩어진 안갯속에서 자신의 생김새를 제대로 보여주었다. 대형 선박의 측면으로 보이는 곳 상부에 페인트로 칠한 긴 무늬가 보였다. 자세히 보면 무늬는 글자였지만 안개로 가려져 비틀어지고 의미 없는 괴상한 모양으로 변해버린 상태였다. 주연이 뒤돌아보며 말했다.

　"앞쪽 선체에 푸른 띠가 그어져 있어요."

　뚜, 하며 절벽 쪽에서 울린 무적이 뭔가를 호소하는 울부짖음처럼 들렸다. 무적과 함께 절벽에서 누군가가 바다를 향해 신호등을 흔들었다.

　태성은 절벽으로 착각했던, 정박한 배로 요트를 몰았다. 해무가 교묘하게 가렸던 선박의 갑판에서 사람이 고함을 질렀다. 검은 절벽 위에서 빛과 함께 태초의 목소리가 터져 나오는 것 같았다.

　"거기 누구요?"

　"요트 승객입니다."

　"어디로 가는 거요?"

　태성은 뭐라고 답해야 할지 망설였다.

　"무인도를 찾아다닙니다."

　"거 팔자 좋구려. 바쁘지 않으면 쉬다가 가시오."

　박순익이 태성에게 좋다며 고개를 끄덕였다. 태성이 갑판을 향해 고맙다며 소리치자 측면에 바짝 배를 붙이라고 주문했다. 선원은 고개를 내밀어 요트를 고정시킬 로프를 내리고 충격을 막는 어선용 원형 펜더를 늘어뜨렸다. 태성은 주연과 함께 요트의 측면에 펜더를 내리고 선박에서 내려온 로프를 요트의 고정 장치에 묶었다. 갑판에서 내려보낸 줄사다리가 흔들거리면서 아래로 내려왔다. 주연이 앞장서서 흔들대는 줄사다리를 놀라운 속도로 올라가고 뒤따라 순익도 날렵하게 줄을 탔다. 장욱은 줄에 올린 뚱뚱한 몸을 휘청대면서 발걸음을 겨우 떼다가 줄사다리의 중간쯤에서 멈춰 서버렸다. 그는 올라갈수록 느려졌고 태성이 밑에서 아래를 보지 말라고 외칠 때마다 아래로 시선을 돌리고는 줄사다리에 몸을 착 달라 붙인 채로 움직이지 않았다. 선원이 난간 가까이 접근한 장욱의 목덜미를 붙잡아 끌어올려서 갑판에 굴리다시피 내려놓았다.

허리에 손을 올린 선장이 그들을 맞이했다. 정장을 입은 선장은 옷과 어울리지 않는 네이비블루의 모자를 눌러쓰고 있었다. 얼굴이 길고 큰 눈에 눈썹이 짙었고 후리후리했다. 50대 초반으로 보이는 나이에 흰 머리가 보기 좋게 섞여 무게감이 있어 보였다. 선장 옆에서 몸을 꼿꼿이 세우고 지시를 기다리는 필리피노처럼 보이는 까무잡잡한 피부의 선원은 단단한 몸과 어울리지 않는 부드럽고 선량한 눈매였다.

선장이 운항 책임자인 태성에게 휴게실인 살롱으로 먼저 들어가기를 권했다. 선장은 필리핀 해역에서 한국 여행객을 만났는데도 놀라지 않고 능숙하면서도 세련된 매너로 안내를 했다. 갑판에 붙은 선실로 들어가서 좁은 복도를 지나자 살롱이 나왔다. 갑판에서 살롱까지 가는 동안 배의 규모에 걸맞지 않게 아무도 보이지 않아 태성은 의아했다. 선장이 태성 일행에게 자리를 권했다. 살롱의 바닥에 고정된 철제 의자는 군데군데 페인트가 벗겨진 자리를 따라서 녹이 슬어 육지라면 거리에 내놓아도 아무도 가져가지 않을 것처럼 보였다. 살롱의 벽에 붙은 현창은 워낙 두툼해 폭풍이 몰아쳐도 끄떡없을 것 같았다. 갑판과 복도와 살롱 모두 실용적으로 설계되어 튼튼해 보였다. 마치 고유한 목적에 봉사하는 감옥이나 정신병원이 연상되었다. 태성은 잠깐 이곳이 바다에 뜬 정신병원이 아닐까 상상했다. 그렇지만 선박은 정신병원의 광기 대신에 피로에 지친 냄새를 풍겼고 자신을 갉아 들어오는 적막과 고독에 둘러싸여 우울해 보였다.

선장이 선반에서 위스키를 꺼내서 한 잔씩 따르고 무사 항해를 기원하며 건배했다. 그는 단숨에 잔을 들이켜고 바닥에 내려놓았다. 선장이 두 번째 잔을 따르면서 태성에게 출발지를 물었다. 보라카이라고 말하자 선장은 보라카이가 고적했던 시절에 머무른 적이 있다고 말했다.

"그 옛날 보라카이는 낙원이었지. 가늘고 고운 모래가 그득한 화이트비치가 눈에 선하군. 그래, 어디에서 정박했소?"

"두 곳에서 정박했습니다."

"거, 우리보다 형편이 괜찮아. 우린 출발은 했으나 아직 도착을 못 했으니까."

선장이 위스키 잔을 손에 들고 물었다.

"그런데 하필 무인도요? 필리핀에는 섬도 많은데."

태성이 망설이자 순익이 자신 있게 대답했다.

"우린 섬으로 사라진 어떤 사람을 찾고 있습니다."

"그럼 무인도가 아니지?"

"무인도의 새나 식물을 찾는 것보다 훨씬 어려운 여정이죠. 정보가 그다지 없으니까요."

"흠. 아주 소중한 사람인 모양입니다. 뭐든 목적할 대상이 있다는 것 자체가 기쁜 일이지요. 우리 꼴을 보시오. 정처 없이 유랑할 뿐이니."

"입항할 곳이 없습니까?"

"어디든지 들어가고 싶지만 아무 곳도 받아 주지를 않는 신세요."

별난 대답이었으나 극심한 안개를 뚫고 만난 배라서 그런지 태성 일행에게는 이상하게 들리지 않았다.

필리핀 선원이 안주를 내려놓았다. 땅콩과 생선튀김, 그리고 육포였다.

태성이 질긴 육포를 씹으면서 물었다.

"여기가 어디쯤이죠?"

"투바타하 리프 아래쪽이야. 더 내려가면 말레이시아, 인도네시아의 해역과 연결되지."

"그럼 우리가 술루 해로 들어왔네요."

"그렇지. 여기가 술루 해요."

폭풍과 안개가 태성 일행을 예상보다 멀리 남쪽으로 밀어내었다. 태성은 해협과 군도가 깔린 항로를 머리에서 그리며 난파와 좌초를 피했다는 사실에 안도했다.

"선원이 몇 명입니까?"

"한 명이야."

"한 명이라뇨?"

"금방 본 선원 한 사람뿐이야. 아, 출항할 당시에는 열다섯 명으로 1, 2항해사와 갑판장과 갑판원에, 기관장과 기관원까지 다 갖춰져 있었지."

"다른 선원들은 어디 있어요?"

순익이 물었다.

선장은 냉장고에서 얼음을 담은 통을 들고 왔다. 그는 얼음을 채운 잔에 위스키를 따르더니 다른 사람에게도 권했다.

"선원들이 어디로 갔느냐보다 우리 둘이 여기를 왜 지키고 있느냐가 더 흥미로울 거요."

박순익이 되물었다.

"선장은 왜 이 배를 지키고 계신 겁니까?"

"그야 선장이니까. 나까지 떠나면 이놈은 선장의 영혼을 찾아 떠돌며 고철 덩어리 유령선으로 전락하고 마는 거지. 지금도 거의 반은 유령선 꼴이지만 말이오."

"배가 단단해서 유령선이 될 것처럼 보이지는 않네요."

"액운 때문에 머지않아 그렇게 되겠지. 나도 불운하지만 배는 더 불운한 놈이오."

"어떤 액운인지 궁금합니다."

"그렇지. 누구라도 궁금할 거야. 배는 평범한 화물선이지만 튼튼하게 설계되었거든. 이 배를 용선한 선박회사가 화물을 실으면 우리는 지정된 항구까지 가서 짐을 부리고 다시 그 항구에서 짐을 받아서 싣고 왔지. 사람으로 말하면 평탄하고 안정된 삶을 보낸 거지. 그러다가 우리는 중국 닝보 항에서 화물을 싣고 출항하게 되었소. 철제함에 실린 화물은 송장에 잡화로 되어 있어 그런 줄 알았을 뿐이오. 어떤 화물인지는 특별히 관심을 두지 않았지만 보기 드물게 단단하게 포장을 해놓아서 조금은 알고 싶었지. 그런데 이렇게 얘기를 늘어도 괜찮을까?"

태성 일행은 모두 괜찮노라 답했다.

"우리는 하역항인 인도네시아의 섬으로 항해해 갔소. 여기서 그다지 멀지 않은 곳이오. 인도네시아의 섬에는 하역시설이 정비되어 있지 않은 곳도 많지. 그래서 우리는 짐을 내리는 사이에 그곳 항구에서 며칠 푹 쉴 생각에 들떠 있었지. 우리가 항구 입구로 들어서기만 하면 예쁜 언니들을 태운 목선이 선박 옆구리에 붙어서 환대를 하니까 말이야. 입항신고를 하고 항구에 들어오는 사이에 항만관리소 배가 다가와서 배에 실은

게 뭐냐고 묻더군. 화물이라고 그랬더니 어떤 화물인지 검사를 해 보겠다는 거야. 우리는 밀수품을 조사한다는 핑계로 돈을 뜯어내려는 줄로만 알았지. 그래서 트집을 잡는 검사원에게 관례적인 돈을 건넸는데 놈이 돈을 챙긴 후에도 검사를 해야만 한다며 고집을 부리는 거야. 윗사람의 지시를 단단히 받아서 마음대로 빼 줄 수 없다는 핑계였소."

태성은 선장이 시작한 간단치 않은 사연에 얼떨떨했다. 주술사 할머니에, 폭풍을 만나고, 안개에 휩싸이는 악운에 시달린 터라 선장의 이야기가 더욱 심상찮게 들렸다.

"자, 화물을 보면 실감이 날 거야."

선장이 일어나서 태성 일행을 화물칸으로 안내했다. 일행은 가파른 계단을 통해서 화물칸으로 내려갔다. 화물칸에 설치된 크레인 아래로 가지런히 정렬한 직사각형 화물박스가 보였다. 선장이 맨 앞의 뜯어져 있는 박스로 태성 일행을 이끌었다.

"한 번 봅시다. 손님에게 이따위 것이나 보여줘서 미안하지만."

장욱이 박스 앞에 놓인 주황색 드럼통이 유별나게 화려하다고 말했다.

"드럼통이 빛깔 선명한 독버섯처럼 보인다는 말이오? 그렇다면 제대로 봤어."

장욱이 화물박스를 손으로 두들겨 보았다. 화물박스는 도금한 철제함으로 그 안쪽은 수지 칠을 해놓았고 다시 플라스틱으로 감쌌다. 5층 높이의 화물칸은 한 박스에 드럼통이 아홉 개가 들어 있는 화물박스로 가득 차 있었다.

"화물을 싼 박스가 아마도 몇만 년은 족히 갈 재질이지. 플라스틱을 먹어치우는 미생물이 급작스레 나타나지 않는다면 말이야. 도금 철제 박스가 뚫리면 다음은 에폭시 수지고 다시 플라스틱이 감싸고 있으니 대단해. 드럼통에 뭘 넣었기에 이렇게 오래가도록 만들었겠어?"

"유독한 물질이군요."

"맞아. 폐기된 맹독성 화학물질이야. 드럼통을 채운 유독성분이 만 년은 넉넉히 간다고 하니, 신석기 시대로 돌아가는 세월이야. 인도네시아의 섬 오지에 허접스런 창고를 짓고는 이걸 무작정 쌓아놓기로 한 게지."

선장이 일행을 살롱으로 다시 안내해 그간의 경과를 말했다. 입항 거절을 당할 위기에 놓이자 용선회사는 선장에게 뇌물을 쓰라고 연락을 했다. 항만관리소 간부와는 거래가 잘되었지만 관리소 소장이 여간한 사람이 아니었다. 그는 선장이 내놓겠다는 엄청난 돈에도 눈 하나 깜짝하지 않고 서류에 '입항 절대 불가'라고 서명해서 돌려보냈다. 그 작자가 조금만 부패했어도 선박이 이 꼴이 되지는 않았을 거였다. 입항거절을 당하자 용선회사는 베트남의 항구로 가라고 지시했고 베트남의 항만 간부와 이야기가 되었는지 며칠을 항구 안에서 머무르면서 하역준비를 하기도 했다. 그런데 어디서 정보를 받았는지 한 언론에서 배가 인도네시아에서 입항 거절을 당했다고 폭로를 해 버린 것이다. 인도네시아가 받지 못하는 물건을 어떻게 베트남에 내려놓겠느냐는 기사였고 화물선의 운명이 그것으로 끝장이 났다. 선박은 태국과 캄보디아, 그리고 빙 돌아서 필리핀의 작은 섬에 들렀다. 그런데 불운하게도, 어떤 항구도 화물선을 받아들이지 않아 선박은 부두에 들어가지 못하고 육지를 멀리서 바라보기만 했다. 육지를 위해서는 다행이리라. 그러고는 머물 수 있는 항구를 찾아 떠돌기 시작했지만, 소문이 퍼져 항구의 방파제 안으로도 배를 넣어 주지 않았다. 안식할 쉼터는 열리지 않았고, 방파제 너머의 평온한 물결도 허용되지 않아 거센 파도를 피해서 쉴 수 있는 항구는 사라지고 만 것이다.

선장은 정박할 가능성이 있었던 항구들을 생각하면서 미소를 지었다. 그의 얼굴에는 그리운 항구를 회상하는 따뜻하면서도 아쉬운 표정이 어렸다.

주연이 식수와 식량이 떨어지지 않는가 묻자, 선장은 배가 부두 가까이 다가가면 용선회사에서 보낸 보급선이 와서 필요한 물품을 채워준다고 말했다. 그리고는 감시선이 화물선을 역병을 싣고 온 선박이나 되는 것처럼 쫓아내면서 배가 부두 가까이에서 머물 수 있는 공간도 점점 멀어지게 되었다. 처음에는 내항에 들어가기도 했는데 외항에 머물게 되었고 아예 배의 정체가 알려지면서 외항 근처에도 들어오지 못하게 막아버리고는 더 멀리서 보급선을 보내주곤 했다. 혹시라도 육지 가까이에서 사고로 침몰할까 두려웠던 것이다.

선장이 말을 쉬고 태성에게 물었다.

"그런데 배고프지는 않아? 이른 저녁이지만 뭘 좀 들어야 할 텐데."

태성 일행은 선장을 따라 식당으로 들어갔다. 식탁에는 먹음직스러운 식사가 차려져 있었다. 식탁의 중앙은 돼지고기를 식초와 후추, 마늘, 소금으로 졸여서 볶은 요리가 차지했다. 생선튀김과 구이가 가득했다. 생선은 비늘까지 통째로 튀겨놓았으며, 소고기를 푹 끓여 야채, 고추, 마늘로 양념한 갈비탕을 닮은 요리도 있었다. 태성의 눈에 익은 요리들은 개성적인 풍미를 자랑했고 승객들의 입맛에도 맞았다. 장욱은 목숨을 잃을 뻔했던 폭풍은 벌써 잊어먹은 것 같았다. 그는 접시에 돼지고기 볶음을 가득 담아 주연에게 건네주고는 선장이 숟가락을 들기도 전에 흐뭇한 표정으로 튀긴 생선을 입에 가져갔다. 주연도 고기와 채소와 새우에다 얇은 면발이 들어간 필리핀식 잡채에 반한 모양이었다. 필리핀인 선원은 세 걸음 떨어진 벽에 붙어서 일행의 폭식을 좋아서 어쩔 줄 모르겠다는 얼굴로 지켜보고 있었다.

선장이 필리핀 선원을 가리키며 말했다.

"우리 선박의 보석인 후안이야. 시작은 평범한 갑판원이었지만 지금은 찬란히 빛을 내고 있지. 선박이 항구에서 입항 거절을 당하고 보급선이 올 때마다 선원들이 하나씩 떠나갔어. 조리사가 먼저 보급선을 타고 사라졌고 그다음에 기관원이 떠났지. 기관장이 옮겨가고 마지막으로 1항해사가 배를 떠났소. 1항해사는 보급선을 기다리며 내게도 이 선박을 떠날 것을 권유했지.

'이 놈의 화물선은 희망이 없습니다.'

난 딱 잘라 거절했어. 갑판원인 후안은 남아 있는 선원에게 업무를 계속 배워 조리사가 떠나자 대신해서 조리를 했고 그다음은 기관사에다 이제는 항해사 역할까지 도맡아 하고 있지. 한국 선박을 오래 타서 어눌하게나마 한국어도 구사하고."

주연이 후안에게 물었다.

"배를 왜 떠나지 않았나요."

후안이 공손하게 대답했다.

"선장님이 배를 지키는데 어떻게 제가 떠나겠습니까?"

그의 어설픈 한국어 발음은 혀 짧은 어린애가 말하는 소리처럼 귀엽게 들렸다.

후안은 눈이 크고 웃음을 담은 얼굴에 쳐다만 봐도 기분이 좋아지는 행복감에 찬 인상이었다. 그는 분에 넘치는 칭찬을 들어 황송하다는 표정으로 조심스럽게 식탁 주위를 움직였다.

8

선장은 손태성을 비롯해서 차례로 음식을 권했다.

"많이 드시오. 후안의 음식 솜씨가 괜찮은 편이야."

후안은 접시의 요리가 줄어들면 조리실에서 재빨리 음식을 들고 나와 채워 놓았다.

화물선이 운이 없다며 선장이 말을 꺼냈다. 바다에 오염 물질을 합법적으로 버린 놈들도 많았다는 말이었다.

"분뇨, 폐수, 하수 오니, 광물성 폐기물 온갖 종류를 다 버렸어. 독성 물질도 가득 섞여 들어갔고 말이야."

해양투기는 오랜 기간 합법이었다.

"쓰레기 처리선에 싣고 가는 폐기물을 누가 조사하겠어? 한국에서 해양 폐기물을 버린 좌표를 우리는 알고 있지. 동해는 두 곳이야. 포항 동방 125킬로미터 수심 1500미터, 울산 남동방 63킬로미터 수심 150미터, 서해는 군산 서방 200킬로미터 수심 80미터. 투하 용량이 정해져 있다지만 누가 그걸 지키겠어? 먼바다 한가운데에서 누가 조사를 하겠느냐 말이야. 출항하면서 감독관만 눈감아주면 끝이야. 시퍼런 바다에 투하하면 오니가 희뿌옇게 번져나가며 역겨운 냄새가 부글부글 솟아 나오는데 마귀 수만 마리가 구역질을 해대는 것 같아. 물고기들이 퍼붓는 재앙에서 기를 쓰고 도망을 가버려 해역은 생명이 텅 비어버리지. 처리 선박은 바다가 구토를 하건 고열에 시달리든 알 바 아니야. 바다 한쪽에서는 그렇게 퍼붓고 있는데 이 배는 공공의 적이 되어서 떠도는 게지."

오장욱이 돼지고기 조림을 입에 가득 넣으면서 가족을 보고 싶지 않느냐고 선장에게 물었다.

"누구? 육지의 가족들. 아, 물론 보고 싶지. 하지만 그들은 나만큼 보고 싶어 할까? 우리 두 사람은 떠다니는 화학물 덩어리를 침몰시키지 않는 대가로 정해진 봉급의 세 배를 받고 있어. 많다고 생각하오? 용선 회사가 우리에게 군말 없이 내주는 봉급에도 약간의 비밀이야 있지만 어쨌든 봉급은 몽땅 육지의 가족 계좌로 들어가지. 용선회사에 아내에게 오분의 삼, 두 아이에게 각각 오분의 일씩을 보내 달라고 요청했는데 가족들로서는 횡재한 셈이야. 난 돈 쓸 곳이 없으니까 지급금액이 작은 연금복권에 당첨된 거나 진배없어. 선박에 창녀를 부를 수도 없고, 멋들어진 물건을 산들 택배도 오지 못하니까 말이야. 고급 호텔에서 숙박하는 건 꿈도 못 꾸고, 관광을 다니며 헛돈을 쓰지도 못하니까. 내가 보고 싶다거나 고생이 많다는 전갈이야 오지만 그건 그냥 시늉을 하는 것뿐이지. 그들은 나의 만수무강을 기원하고 있을 거야. 백 세까지, 아니 선박이 고철로 가라앉을 때까지 살아 있기를 바라마지않을 거요. 난 세계에서 가장 이상적인 남자일 테니까. 후안은 필리핀에 아내와 네 명의 자녀가 있는데 그들도 꼬박꼬박 돈을 챙기지만 내 가족보다는 훌륭해. 아내가 방카를 타고 이 배에 온적도 몇 번이나 있고."

태성이 물었다.

"방카를 타고 온다고요?"

"그렇지. 방카."

태성은 잠시 다른 종류의 방카인가 하고 헷갈려 했다. 보라카이에서 관광객들은 방카를 타고 가까운 섬을 다니는 호핑 투어를 즐겼다. 배 양쪽에 날개처럼 지지대를 달아놓은 작은 요트에 불과한 방카로 원해까지 나온다는 말이었다. 선장은 태성이 놀라는 모습을 알아채고 말했다.

"필리핀의 섬에서 흔한 방카가 맞다니까. 바람과 날씨를 보는 노련한 항해사가 있으면 충분히 가능해. 어쨌든 엔진이 붙어 있으니까. 곧 여기를 온다고 했으니까 볼 수도 있을 거야."

태성은 또 한 번 놀랐다.

"이곳까지?"

선장이 뭘 그렇게 놀라느냐는 얼굴로 태연하게 말했다.

"그렇다니까. 우리가 앉은 이 배까지."

선장이 후안에게 최근의 가족 소식을 물어보자 후안은 쑥

스러워하면서도 얼굴이 달아올랐다. 선장이 말을 이었다.

"후안의 아내는 여기 도착하면 조리실을 점령해 요리를 가득 만들지. 맛있지만 괴롭기도 한 게 내게도 신물이 나게 먹이니까. 한 번 오면 보름씩은 머무는데 그동안은 후안이 아니라 아내가 조리사가 되는 거지. 아내가 아이들 사진과 영상을 잔뜩 들고 오는데 후안은 거기에 빠져서 헤어나지를 못해. 때로는 장남이 같이 올 때도 있는데 어린애인데도 바다의 악령에서 어머니를 보호해야 한다고 어찌나 고집을 세우던지! 아내는 보급선을 타고 여기를 떠나면서 바다로 뛰어들까 걱정스러울 정도로 슬퍼했어. 그런 아내와 자식을 두고 있으면 선상생활도 견딜 만할 거야. 후안은 언젠가 배를 떠나 필리핀으로 돌아갈 예정이야. 이 배가 유령선인지는 모르겠지만 나는 유령 선장이 확실해. 감감무소식으로 통장에 돈만 넣어주는 역할을 충실히 해내면 끝이니까. 삶의 가치니, 행복이니 떠들어대도 육지에선 돈이 으뜸이지. 가족들은 내가 오래오래 살아서 돈만 부쳐주면 최고라고 생각하는 것 같아. 내가 죽으면 다른 선장이 배로 부임할 테고 그 선장이 죽으면 후임 선장이 오겠지. 그 선장들도 아내와 자식들에게 돈을 부쳐주면서 연명할 거야."

성주연이 외쳤다.

"바다를 어떻게 끝없이 떠도나요. 가족들도 그렇게나 무심하다니. 그럼 가족이 한 번도 이 배를 찾아오지 않았다는 말이에요?"

선장은 상아 파이프에 담배를 담아서 입으로 가져갔다. 파이프 담배에 네이비블루의 헌팅 모자를 쓴 선장은 오래된 영화에서 튀어나온 선장 역할의 배우처럼 보이기도 했다. 태성은 영화에서 보았던, 제복을 갖춰 입고 배가 침몰하기 직전까지 조타실에서 자세를 흐트리지 않았던 억센 선장이 기억났다.

"찾아오지 않았어. 말했잖소. 통장에 돈이 제대로 꽂히는 동안 난 잊힌 존재야. 입금이 되지 않으면 그제야 나를 궁금해하겠지."

"그럼 이 배를 방문하는 사람도 없다는 말이에요."

"아니야. 최근에는 신혼여행을 겸해서 요트로 세계를 일주한다는 프랑스인 신혼부부가 들렀어. 내가 물고 있는 상아 파이프를 선물로 주고 갔지. 그 부부는 흔들리는 배에서 벌이는 섹스가 제일이라고 하더군. 바닥이 움직이지 않는 육지에서의 짓거리는 시시하다는 거야. 태평양을 건너오면서 그들의 벌거벗은 몸을 훔쳐보는 것이라고는 날치와 구름과 별들밖에 없는 바다에서 매일 섹스판을 벌였다는군. 신혼부부는 매일 매시간 매분 섹스 이야기만을 늘어놓았지. 부부가 똑같이 섹스광으로 관절이 닳기 전에 최대로 가동해 보자는 마음가짐이었을 거야. 이 큰 배에 우리 둘만 있다는 소식을 듣자 아주 좋아하더군. 우리 선박의 갑판에서도 흐드러진 육체판을 벌여놓았지. 하늘은 만월이었고 구름 몇 조각만이 애를 쓰며 하늘을 가렸어. 바닷속 생물들이 온갖 씨를 뿌려대는 생명의 잔치를 벌이는 그날이었소. 푸르기도 하고 하얗기도 한 색을 갑판에 마구 뿌려놓은 달빛에 맞추어 프랑스 젊은것들이 얼마나 엉덩이를 흔들어 댔는지 배가 뒤뚱거렸을 정도였어. 우리보고도 같이 참여하자고 어찌나 권하던지 거절하느라 혼이 났지.”

장욱과 주연은 입을 막고 웃었다.

“찾아온 또 다른 사람은 없었나요?”

“아, 많지, 어떤 순서로 말해줄까. 하늘에서 동아줄을 타고 내려 온 사람만 빼고는 다 있으니까. 치명적인 암에 걸린 사실을 알고서 죽음의 여행을 떠나온 남자가 생각나는군. 개 한 마리와 소설만을 들고 있었어. 시간을 잃어버렸다는 그런 소설이었는데 제목이 괜찮아. 시간을 잃어버리면 되찾지 못하니 처음에 보관을 잘해 두어야지. 밀항자들, 경찰의 추적을 피해서 떠나온 사기꾼. 사기꾼이 우리 배에 몸을 숨기도록 허락해 준다면 가방째로 돈을 주겠다고 제안했는데 호통을 쳐서 쫓아보냈지. 선장을 호락호락하게 보는 망나니 같은 놈이야. 청부살인업자. 애인을 죽인 놈, 가족을 몽땅 죽이고 탈출한 자. 보스를 죽인 조직 행동대장.”

주연이 톤이 높은 목소리로 물었다.

“청부살인업자까지요?”

“왔었지. 이틀을 묵고서는 떠났는데 한눈에 봐도 쫓기는 자인 줄 뻔히 드러나서 표정관리를 좀 하라고 했어. 내가 신고할까 봐 벌벌 떨더군. 왜 내가 신고하겠어? 이 배는 유령이 운항하는 해방구인데 말이야."

"그 사람은 어디로 떠났나요?"

선장이 그런 어리석은 질문이 어디 있냐는 목소리로 대답했다.

"바다로. 그러니까 동, 서, 남, 북 방향으로 제멋대로 떠나버렸지."

주연이 캐물으려 덤벼들자 선장이 손을 가로저었다.

"떠난 사람을 더 묻지 말게. 나는 그와 당신들을 공평하게 대우하고 싶으니까."

선장은 손님의 명단을 이어갔다.

"시리우스의 외계인을 만나기 위해 바다로 나온 사람도 있었어. 그 이야기는 살롱에 올라가서 하지. 후안, 후식을 살롱으로 가져오게."

후식은 깡통에서 꺼낸 복숭아와 절여서 말린 과일이었다. 후안이 다르질링 홍차를 내놓아 태성 일행은 향긋한 홍차 향을 맡으며 선장과 마주 앉았다.

선장이 후안을 불렀다.

"후안, 가족들 사진을 갖고 와보게."

그는 자신의 가족을 알릴 자랑스러운 기회에 흐뭇한 표정으로 앨범 세 권을 가져왔다. 후안이 은근히 뽐내는 동작으로 사진첩을 펼쳤다. 그는 먼저 젊은 여자를 가리켰다.

"제 아내입니다."

태성 일행은 앨범의 사진으로 고개를 모았다. 아내는 젊었고 사진으로도 주위를 환하게 밝히는 쾌활함이 넘쳤다. 앨범을 넘기자 사진의 아내보다 키가 작은 후안을 닮은 장남이 나타났다. 아들 두 명에 딸이 두 명이었다. 어린 막내딸은 이제 막 걸음마를 시작한 나이로 보였다.

"아내도 예쁘고 자식들도 멋있어요."

후안이 고맙다고 웃으면서 사진을 넘겼다. 가족들의 사진 배경이 판자를 얽어 만든 허름한 집에서 신축한 붉은 벽돌집으로 바꿨다. 판잣집 앞의 어린 야자수가 벽돌집에선 높이 자라났고 낡은 승용차도 한 대 서 있었다. 벽돌집 앞에서 찍은 아내와 자녀들의 가족사진은 행복과 다정함이 넘쳐 보였다 태성은 이런 가족을 위해서라면 자신도 선박에서의 유배생활을 견뎌낼 것도 같았다.

"결혼을 일찍 하신 모양이네요."

후안은 존댓말로 한국어를 배웠는지 또박또박 높임말을 썼다.

"열아홉 살에 결혼했습니다. 아내는 열여덟이었습니다."

후안은 아내가 열여덟이었던 시절을 떠올렸는지 입을 활짝 벌리고 웃음을 가득 피워 올렸다. 그가 보인 활기찬 표정과 몸짓이 워낙 인상적이어서 태성 일행은 같이 둥실 떠오르는 기분이었다.

124

주연은 왠지 울컥한 얼굴이었다.

"아내와 자식들이 보고 싶지 않으세요?"

"보고 싶습니다. 하지만 우리는 가까이 있지요."

주연이 물었다.

"가까이 있다니요. 대체 어디에요?"

후안이 손을 들어 자기의 옆구리를 가리켰다.

"여기에요. 바로 제 옆에 있습니다. 가족들이 기뻐하면 생생하게 느껴집니다."

"멀리 떨어져 있는 데도요?"

"우리들의 마음은 튼튼한 줄로 연결되어 있습니다. 줄을 당기면 그들이 내 옆에 나타납니다. 멀지 않습니다."

"그래도 아이들을 직접 보고 싶지 않을까요?"

후안은 희망에 부푼 목소리로 말했다.

"3년 지나면 고향으로 돌아갑니다."

그는 고향을 눈앞에 둔 것처럼 환한 표정을 지었다.

현창의 바깥은 그칠 줄 모르는 짙은 안개였다. 후안의 가족 사진을 보자 이상하게도 태성은 안개가 두렵지 않았다. 후안과 그의 가족은 짙은 안개뿐 아니라 그 어떤 폭풍에도 맞서 나가지 않을까 태성은 믿었다. 선박이 그런 확신에 응답하는 소리처럼 무적을 부웅 하고 울렸다. 규칙적으로 울려대는 무적은 해무를 헤집으며 사방으로 달려 나갔다. 태성은 GPS와 레이더로 선박의 위치를 확인하는 시대에 울리는 예스러운 무적에 귀 기울였다. 그것은 오래전에 떠나온 고향에서 황혼 무렵에 퍼지는 황소의 울음소리 같았다.

"참, 시리우스 이야기를 잊어먹을 뻔했군. 그날도 오늘처럼 안개가 짙은 날이었지. 작은 배를 탄 몇 명의 사람이 우리 배에 승선하기를 원했소. 그들이 시리우스에서 온 신호가 우리 배 근처에서 나타났다고 말해 나는 그게 어디에 있느냐고 물었어. 큰개자리의 가장 밝은 청백색의 별이니 아주 멀더군. 그들은 십자가 모양의 장치로 시리우스에서 온 신호를 잡았는데 그들 말에 따르면 우리 배의 갑판에 그들이 오겠다는 신호를 보내왔다는 거요. 다섯 명인 외계인 추적자들이 갑판에서 뇌파를 증폭시킨다며 며칠 동안 명상에 빠져들었어. 자리를 깔고 허리를 죽 펴고 편안하게 앉아서 그들은 시리우스의 외계인을 만날 특별한 날이 머지않다고 하더군. 나는 웃어 넘겼지만 실은 외계인에 대한 터무니없는 여러 가지 얘기를 들은 터라 한편으로는 그 황당한 얘기에 기대감도 있었어. 인간이란 평소에는 똑똑한 척하지만 실은 나약하기 짝이 없는 존재거든. 난 시리우스 외계인을 만나면 지긋지긋한 드럼통들을 처리할 수 있느냐고 물어볼 작정이었으니까. 뛰어난 기술을 통해 외계인들이 폐기물을 맑은 이슬방울로 바꾸어놓지 않을까 한참 기대를 했지. 그들은 외계인과 통신하는 방사선 측정기 비슷한 장비를 가졌더라고. 장비의 바늘이 정말로 붉은 선까지 가 있었어. 그들 말로 이 바다 근처에는 지구의 삶과 다른 여러 개의 신세계가 있어 비누거품처럼 우리 주변에 엉켜 있는데, 엄청난 크기로 시간과 공간을 차지하고 있음에도 우리에게 발견되지 않는다는군. 마치 까치와 비둘기, 참새 정도의 새만 아는 사람이 아마존 오지에서 멸종 위기에 처한 희귀종 새를 알아보지 못하는 것과도 같다는 거야. 하지만 조류학자라면 새를 보는 순간 흥분해서 쓰러졌겠지. 그처럼 우리는 새로운 세계가 우리 옆에 멀쩡하게 있는데도 눈치조차 못 챈다는 거요."

"재미있습니다. 믿으면 보이리라, 네요."

"딱 맞는 말이야. 볼 뿐만 아니라 대화하고 만져서 촉감을 느끼기도 한다니까. 흥미로운 발상이지. 어찌 되었든 그들은 우리 배에서 닷새를 머물렀지만 시리우스인을 만나지 못했고 새로운 신호나 다음에 접촉할 장소를 찾지도 못했어."

장욱이 우리 옆에 떠다니는 또 다른 세계를 붙잡으려는 것처럼 허공으로 손을 몇 번 휘저었다. 주연이 그의 손을 매몰차게 쳐서 떨어뜨렸다. 선장이 아픈 손을 감싸는 장욱을 보며 웃었다.

"자, 이야기를 그만 접고 여기서 하루를 주무시는 게 어떻겠소. 1인용과 2인용 선실이 여러 개 있으니 고르시면 되오. 우리는 언제든지 손님이 오실 것을 대비해 깔끔하게 관리를 하고 있지. 후안, 손님이 주무실 선실을 보여드리게."

선장은 밤을 즐길 선물로 코냑을 한 병 태성에게 건네주었다.

1인실은 배라는 한정된 공간을 생각하면 넓은 편이었다. 1인용 침대에 책상과 소파, 캐비닛에다 세면대까지 붙어 있고 두껍고 둥근 현창이 침대 위쪽에 거만하게 매달려 있었다. 2인실은 1인실 크기의 방에 이층침대를 올린 점만이 달랐다. 주연이 2인실에서 혼자 지내고 오장욱도 태성과 같이 지내기로 하면서 세 사람은 나란히 붙은 2인실에 묵게 되었다. 박순익은 1인실에 머물렀다.

주연이 태성의 선실로 찾아 들어왔다.

"준비된 유령선에 오신 것을 환영합니다."

장욱이 두 손을 번쩍 쳐들더니 유령의 목소리를 음산하게 흉내 내었다. 그는 혼자 있는 순익의 방문을 두들겨 한잔하자며 모두가 모인 방으로 데리고 왔다. 오장욱이 말했다.

"선장이 거짓말을 하는 것 같아. 화물선을 그냥 끌고 다니면 회사에서 보수를 준다는 게 말이나 돼? 아마도 깊은 바다를 지나며 남의 눈에 띄지 않게 드럼통을 바다에 처넣고 있을 거야."

박순익이 말했다.

"선장이 그럴 사람처럼 보이지는 않는데."

"사람 속을 어떻게 알겠어요. 하루에 세 박스만 던져도 어디에요."

주연이 그럴지도 모른다며 태성 방의 시계를 유심히 쳐다보

128

았다.

"이상한 일이에요. 여기 시계는 왜 시간이 각각 다른지 모르겠어요. 선실 복도와 살롱의 시계, 그리고 내 방과 이 방의 시간이 모두 다르네요. 시계는 파란색 원형 벽걸이로 똑같은데 말이야."

오장욱은 시계 따위에는 별 관심이 없었다.

"어디에도 기항을 못 하는 배니까 시계를 맞추는 데 관심이 없었겠지."

"그렇다기보다 시계들이 다른 세계의 시간을 가리킨다는 생각이 드네요."

"다른 시간이라면 한쪽은 서울, 다른 쪽은 뉴욕, 하나는 방콕 뭐 이런 식으로? 가지도 못할 곳의 시계를 뭐하러 맞춰 놓겠어?"

"우리가 아는 그런 나라가 아니라 알지 못하는 세계 말이에요. 그런 세계들이 이 배에 뭉쳐서 모여 있다는 그런 예감이 들어요."

장욱이 호탕하게 웃었다.

"시리우스 외계인 이야기를 심각하게 들으신 모양이네. 이 큰 배에 달랑 두 사람만 타고 있으니 그게 더 이상하지 않나? 어느 항에도 정박하지도 못하고……, 결국 그게 유령선 아니겠어? 어쩌면 우리는 아직도 안갯속에 갇혀서 모두가 같은 꿈을 꾸는지도 모르지요."

주연이 쏘아붙였다.

"꿈이라도 좋고 유령선이래도 괜찮아요. 우리가 출발한 목적을 잊지만 않으면 돼요. 우린 결국 장 박사를 찾지 못할지도 모르지만, 빈손으로 돌아가서도 안 되잖아요."

장욱이 코냑을 따며 씩씩하게 맞받았다.

"장 박사의 소식을 듣지 못한대도 무슨 걱정일까. 그는 과거의 우리에게 도움이 되었을 뿐이야. 어차피 그와 우리의 연계는 끊어져 버려 장 박사는 그의 삶을 살고, 우리는 우리 각자의 삶을 사는 것이지. 그렇지 않나요?"

박순익이 음울하게 말했다.

"우리와 장 박사가 관계가 끊어졌다고? 그렇게 본다고?"

장욱이 대답이 없자 순익이 단호하게 말했다.

"난 장 박사의 목공 제작소에서 우울증과 악몽에서 벗어났어. 우울증만큼이나 내가 겪은 악몽도 힘들었지만 나를 괴롭힌 악몽이 사라졌다고는 생각지 않아. 멈춘 것이야. 왜 그를 만난 이후에 악몽이 멈췄을까? 그는 목표를 향한 직선의 인간이야. 그에게 악몽에 시달릴 시간조차 쓸데없는 여유나 호사겠지. 그의 강인한 기운이 안개처럼 내 몸과 혼에 스며들어 온 거야. 그러니 나는 장 박사에게 큰 빚을 진 셈이오."

주연이 말했다.

"장 박사는 카리스마가 넘치지요. 그런 그에게 도대체 무슨 일이 일어났을까요?"

그녀가 긴 한숨을 쉬자 일행은 갑자기 차가운 파도에 강타 당한 것처럼 침묵했다.

"좋은 분으로 기대고 싶었죠. 실제로도 알게 모르게 많은 도움이 되었어요."

"인생의 조언을 구하고 싶었다?"

주연이 말했다.

"듣기만 좋은 조언이라면 무슨 도움이 되었겠어요? 그분은 때로는 침묵으로, 때론 행동으로 나를 이끌어 주었어요. 그런데 보라카이로 휴가를 가서는 이유도 모르게 사라졌다니 말이에요. 박순익 선생님이 받은 연락은 어떤 내용이었지요?"

박순익이 말했다.

"그가 겪은 기묘한 경험을 말하기는 쉽지 않아. 한마디로 말하면 장 박사는 두려움에 떨고 있었어."

승객 모두가 놀라 소리쳤다.

"장 박사가 두려워한다고요! 말도 안 돼요."

"하긴 나도 믿어지지가 않았으니까. 장 박사는 살아온 경험과 사고방식이 완전히 뒤집히는 충격에 빠져 있었지요. 발가벗겨진 채로 사람 하나 없는 눈 덮인 벌판에 내쫓긴 상태라 할까. 그래서 어디로도 가지 못하는 공황 상태였어. 그는 스스로의 힘으로는 섬을 빠져나오지를 못했지만 동시에 뭔가를 밝혀내겠다는 결의를 다지고 있었어요."

"세상에. 그렇게나 의지가 강인한 분이. 자세하게 말씀해 주세요."

박순익이 말했다.

"나는 장 박사의 메일을 받았고, 그와 통화도 했어요. 요트의 위성전화인지 잡음이 심하게 섞여 들었지요. 장 박사는 보라카이의 바에서 한 남자를 만났지. 운명은 우연이라는 가면을 쓰고 사람을 공격한다지만 장 박사가 바로 그런 경우지."

"바에서 만난 남자가 장 박사를 섬으로 데려간 거네요."

"그렇지요."

"장 박사가 그 남자에게 유혹되었다는 말인가요."

"맞아."

박순익이 일행을 둘러보고서는 보라카이에서 일어난 사건에 대해 말하기 시작했다.

9

장공진 박사는 보라카이의 스테이션 2에 있는 찰스 바에 앉아 있었다. 쇠파이프와 나무를 엮어 지붕과 벽을 만든 바의 시설은 볼품없었다. 빈약한 시설에 비해 통기타를 치면서 노래를 하는 남자 가수의 달콤한 목소리는 일품이었다. 바의 창문 밖으로 보이는 백사장에서 부서지는 흰 파도도 아름다웠다. 그는 산미구엘 맥주를 두 병 마시고 블랙 러시안을 주문했다. '후예'와 같이 왔다면 놈이 벽을 탐색하는 모습을 지켜볼 수 있었으리라. 놈의 빛 지각 시스템은 진홍의 조명을 위험한 화재 신호로 착각하지는 않을까? 놈을 자유롭게 놔두면 붉은 빛에 놀라 비상신호음을 내며 우왕좌왕 출구를 찾을지도 몰랐다. '후예'의 운동과 지각 시스템은 끝도 없이 몰려드는 파도를 닮아 하나를 해결하노라면 바로 다음 과제를 진행할 정도였다.

장식 없이 길게 놓은 나무 의자에 말총머리를 한 건장한 남자가 앉아 무심히 음악을 듣고 있었다. 혼혈로 보이는 그의 피부는 검은 편이었고, 팔목에 푸른색으로 큰 뱀인지 용인지 모를 그림을 새겨놓았다. 남자가 한 곳에 시선을 두고 있어 장 박사는 자신도 모르게 그의 시선을 따라서 눈길을 돌렸다. 그 곳에 남자가 관심을 둔 누군가가 있으리라 예상했지만 붉은 조명의 사각지대에 놓인 어둠이 도사리고 있을 뿐이었다.

어둠을 지켜보던 남자가 맥주병을 들더니 장 박사를 비롯한 손님을 향해 '섬을 위하여' 하고 외치며 건배를 올렸다. 장 박사는 자신도 모르게 건배에 호응해서 칵테일 잔을 들어 올렸다. 장 박사는 그가 말을 걸면 가벼운 인사만으로 잘라야지 마음먹었지만 남자는 다시 시선을 고정해서 어둠을 지켜보고 있을 뿐이었다. 장 박사는 남자가 들여다보는 어둠에 무엇이 존재하는가 생각하며 붉은 조명 사이로 어두운 곳을 다시 바라보았으나 아무것도 없을 뿐이었다. 남자가 장 박사를 향해 고개를 돌렸다.

"역시 아무것도 없군요."

그는 장 박사가 자신을 지켜보고 있음을 안 모양이었다. 남자는 영어 모음을 입속에서 우물대며 뭉개서 발음을 했다.

"원래 아무것도 없지 않았나요?"

"그렇죠. 하지만 어떨 때는 어둠에서 무언가가 나를 응시해 머리칼이 바짝 서지요."

남자는 건장한 체격에 어울리지 않게 심약한 포즈로 어둠의 존재를 밀어내기라도 하는 양, 세차게 팔을 흔들었다. 장 박사가 그의 두려움이 착각에 불과함을 말해 주었다.

"아마도 어둠을 틈타 우리의 먼 조상들을 공격하는 야수들이 있었을 겁니다. 그래서 야수가 사라진 문명의 오늘날에도 어둠을 바라보면 나를 물어뜯으려 덤비는 허상이 보이기도 하죠."

"어둠 속에 미지의 생물이나 혼령이 살 가능성이 없다는 말이죠?"

"전혀. 팔을 탁자에 올려놓고 뚫어지게 바라보면 팔뚝에서 뭔가 기어 다니는 감각이 느껴지고 심지어 움직이는 벌레를 보기조차 합니다. 실제로는 아무것도 없지요."

"실제로는 없다니 안심입니다."

"인공지능을 지닌 로봇이라면 그런 환각을 전혀 보지 않지요."

사내는 의외의 복병을 만난 병사처럼 놀라서 되물었다.

"로봇이라고요?"

사내가 로봇이라면 아직 도마뱀만큼도 움직이지 못한다고 말했다.

"나는 그렇게 알고 있어요. 혹시 최근에 로봇 기술이 많이 발전했나요?"

"아니요. 난관들이 여전히 많아요. 그러나 인간의 정신활동이 네트워크로 연결된 신경세포들 사이의 전기신호 패턴이라면 머지않아 그 활동은 인공지능으로 구성되겠죠."

장 박사는 대화가 곧 끝나리라고 생각했다. 아름다운 백사장의 바에서 인공지능이나 로봇 관절은 호의를 부르는 대화 소재가 아니었다. 찰스 바는 로봇 공학의 최신 동향을 발표하는 국제 심포지엄을 마치고 열린 화기애애한 칵테일파티 장소가 아니라, 그저 즐거운 음악에 유쾌한 일상을 나누는 곳이었다. 그러나 사내는 로봇이라는 말에 깊은 호기심을 나타냈다.

"인공지능을 지닌 로봇이 인간의 마음과 비슷하게 작동할까요?"

"마음은 들어온 감각과 정보를 처리하는 체계죠. 컴퓨터 프로그램 역시 기호를 조작하는 시스템이니 가능하지 않을까요."

"하지만 그게 언제쯤일까요. 로봇은 아직껏 빠르게 달리지도 못하지 않나요? 더군다나 저는 최신 로봇도 방문과 창문을 제대로 구별 못하고 심지어 사람의 그림자를 장애물로 봐서 피해 간다고 들었습니다."

남자는 최신 과학 동향에 관심이 많았다. 장 박사가 남자의 말을 반박하면서 자신의 논리를 폈다. 아마도 보라카이의 부드럽고 따뜻한 바람과 내일 꼭 해야 할 과제가 없는 이국에서의 휴가라는 상황이 가져온 여유 때문인지도 몰랐다.

"로봇을 주변 환경에 정확하고 빠르게 반응하도록 제작하는 것은 어려운 과제에요. 하지만 학습과 시행착오를 통해 배우고 활용하는 신경망을 만들면 가능할 겁니다."

"그건 인간이 수십만 년, 아니 수백만 년의 고된 경험을 통해 하나씩 익혀온 능력 아닙니까?"

"그렇죠. 인간의 특성을 하나씩 연구해서 통합하면 인간이라는 개체를 완전히 모방한 단계에 도달할 수 있지요."

남자는 잠시 생각하더니 반론을 폈다.

"그건 가능하다는 결론을 먼저 내리고 연구를 전개하는 게 아닐까요?"

"인간처럼 말하고 표현하고 반응하는 알고리즘을 만들 수 있습니다. 불과 200년 전의 사람에게 비행기가 도시를 연결하고 인공위성이 떠다니는 오늘의 세상을 보여주면 믿었을까요?"

남자가 점점 심각해졌다. 그는 장 박사에게 뭘 좋아하느냐 물어보고는 웨이터에게 마티니 두 잔과 감자튀김을 시켰다.

"저는 로봇이 인간의 마음을 가질 수 없다고 봅니다. 그들의 프로그램은 결국 0과 1의 두 가지 숫자로 운영되지 않습니까? 하지만 세상에는 0과 1뿐만 아니라 3과 5도 있고, 우리가 지금 보는 해변의 흰 모래와 바다, 그리고 거대한 화산과 교회와 절과 미술관도 있지요. 로봇이 그런 복잡 미묘한 종교적이고 예술적인 상징을 이해할까요? 로봇이 베토벤의 합창 교향악에 눈물을 흘리는 게 가능할까요?"

남자가 장 박사를 반박하기 위해 열성적으로 말했다. 장 박사는 붉은 조명과 이국적인 분위기와 알코올의 힘에 의지해서 자신이 좀체 드러내지 않던 말을 꺼냈다.

"인간을 구성하는 요소를 뇌과학 그리고 화학과 생물학으로 밝혀낼 수 있습니다. 머지않아 인간에게 감춰지거나 알려지지 않은 요소들을 해명해 내고 뜻대로 배열할 수 있겠지요. 그러니 인간이란 다양한 요소로 구성된 기계가 아닐까요?"

"인간이 기계라고요!"

사내는 불에라도 덴 것처럼 놀라 소리쳤다.

"하지만 선생님도 느끼다시피 인간은 기계가 아니에요. 인간은 지구를 통틀어, 아니 우주에서도 찾기 드문 뭔가 특별한 존재예요. 비록 선보다 악한 부분이 더 많지 않을까 고민이 되지만요."

"그건 인간이 자연에서 남다른 존재로 인정받고자 하는 뿌리 깊은 욕망이죠. 인간은 우리가 깔보기도 하는 다른 생물들과 마찬가지로 보잘것없는 존재가 아닐까 합니다만."

"하지만 기계는 슬퍼하고 분노하는 감정을 지니지 못하지요."

"기계가 감정을 과연 지니지 못할까요. 그건 인간의 편견과 오만이지 싶은데요."

사내는 곰곰이 생각에 잠기더니 화제를 돌리면서 자기를 소개했다. 그는 호주에서 태어났는데 아버지는 호주 원주민인 애보리진이고 어머니가 백인인 혼혈이었다.

"제 친할아버지는 자동차와 비행기와 같은 기계들을 무척

싫어했어요. 윙윙 기분 나쁜 소리를 내며 불쾌한 냄새를 뿜는 기계들이 사막과 호수에서 정령을 몰아내 버렸고 그래서 깊은 곳으로 정령이 숨어버려 더 이상 우리에게 모습을 드러내지 않는다고 말씀하셨죠."

"정령이라고요!"

이번에는 장 박사가 되물었다.

"나무와 바위와 들소에 숨어 있다는 혼령 말인가요?"

"그렇습니다. 저희 증조할아버지는 사막에서 해가 뜨기 전과 석양 무렵에 자주 정령을 보았다고 하더군요. 할아버지 대에는 전 세대보다 드물게 나타났고, 아버지 대부터 정령이 나타나지 않았지요. 현대인들이 정령을 몰아서 모두 쫓아버린 겁니다."

장 박사가 그건 원시적인 믿음에 불과하다며 다소 결례가 될 만큼 상대방을 반박하고 나섰다.

"정령은 뇌가 만들어낸 유령일 뿐이에요. 인간이 자연법칙을 이해하고 과학이 발전하면 죽을 운명이었지요. 그들은 호수와 숲에 사는 불사의 존재가 아니라 인류의 여명기에 우리의 삶을 풍족하게 한 전설에 지나지 않아요. 정령의 시대는 떠났고 다시는 돌아오지 못해요."

"저도 정령의 시절은 가버렸다고 동의하죠. 그러나 정령의 시대는 인간의 바탕에 지울 수 없는 무늬를 새겨놓았지요. 인간의 두뇌와 몸에는 우리가 밝혀 내지 못하는 어떤 힘이 작용

하고 있지 않을까요. 그런 점에서 로봇이 인간과 같아지는 현실은 상상하기 어렵네요."

"난 우리가 사람의 몸과 두뇌 속에서 일어나는 화학과 생물학을 충분히 밝혀 내지 못했다는 입장이지요."

"정령의 시절이 가버렸다고 해서 로봇의 시대가 오지는 않을 겁니다. 인간의 두뇌는 매우 복잡하고 모방하기 어려워 인공 시스템으로 재현하는 게 거의 불가능하지요."

사내의 얘기는 장 박사가 로봇의 시대에 관해 많은 사람에게서 들었던 반론의 일종이었다. 그런 말을 들으면 장 박사는 최신 과학에 대한 무지를 탓하며 그런 주장들이 옳지 못함을 역설하곤 했다.

"인간은 자신을 닮은 로봇의 출현을 무척 두려워하지요. 그러나 수레바퀴가 기차와 자동차, 그리고 비행기의 착륙 바퀴로까지 진화했듯이 로봇은 이미 인간의 길을 걷고 있어요. 그걸 막을 수는 없어요."

사내가 장 박사의 말에 설득될 기미는 없었다. 그는 오히려 상대방의 논리를 분석해서 장 박사에게 예기치 않은 타격을 날릴 기회를 엿보고 있었다.

"뭐라고 하든 로봇은 좀비를 넘지 못해요."

"좀비라니!"

장 박사는 외쳤다.

"로봇을 살아 있는 시체에 비교한단 말이오!"

"로봇은 주체성도 자율성도 지니지 못할 겁니다. 설령 지닌다고 해도, 절대로 로봇은 인간이 되지는 못해요. 절대로."

사내가 자신의 말을 확신하면서 이래도 대화에서 이기겠냐며 의기양양하게 덧붙였다.

"로봇은 토스쿠를 만나지 못하니까요."

"뭘 만나지 못한다고요?"

"또 다른 세계에서 다른 삶을 영위하는 자기 자신이지요. 또 다른 문이라고도 합니다."

장 박사가 허무맹랑한 사내의 주장에 헛웃음을 쳤다.

"또 다른 세계란 게 뭔가요? 우리가 사는 세상에 있기는 하나요?"

"또 다른 세계는 지구에 있기도 하고, 없기도 하지요. 만나지 못하는 사람에게는 없고, 만나는 사람에게는 존재하는 것이에요."

"일종의 주술이군요."

"오늘의 첨단 기술을 동원한 의료도 900년 후의 사람이 조사하면 주술에 불과하겠지요. 미래의 인류는 우리의 미개하기 짝이 없는 암 방사선 치료와 뇌출혈 수술을 혀를 차며 원시 주술로 소개할 겁니다."

"그럼 토스쿠가 살아 있다는 말인가요?"

"그럼요. 토스쿠는 다른 세계에서 살아서 움직이는 존재에요. 더구나 나 자신의 토스쿠를 나뿐 아니라 다른 사람도 보고 만지며 대화도 나눌 수 있어요."

"아무래도 개인의 망상이거나 측두엽 이상으로 생긴 환각에 불과한 것 같은데요."

"토스쿠는 절대 그렇지 않습니다. 그건 단순히 살아 있을 뿐 아니라 인간을 구원하는 문이기도 하지요. 마치 신의 손처럼요."

장 박사는 사내가 목소리를 낮추어 기묘한 말을 하지 않았으면 자리를 떠날 뻔했다. 밤이 깊어가고 슬슬 피곤해지기 시작했기 때문이다. 지금까지의 대화도 장 박사가 열대의 휴양지에서 마음의 긴장을 늦추지 않았다면 진행되기 어려웠으리라. 그가 대화할 마음을 접을 즈음 사내가 의외의 이야기를 꺼냈다.

"토스쿠를 만난 사람이 실제로 있어요."

"실제로 있다? 어디에 있는가요?"

사내가 엄숙하게 말했다.

"납니다. 바로 내가 만났죠."

장 박사는 사내가 신흥종교에 빠진 광신도이거나 혹은 마약에 취하지 않았는지 살펴보았다. 겉으로는 사내가 이상해 보이지는 않았으나 감춰진 속을 알 수는 없었다. 그는 최대한의 경계심을 발휘하며 사내에게 물었다.

"토스쿠를 어디서 만났지요?"

"토스쿠가 모습을 드러내는 정해진 장소가 몇 곳 있어요. 제가 만났던 곳은 필리핀 남쪽의 섬입니다."

장 박사는 호기심에 조심스럽게 대화를 끌었다.

"옛날 무녀가 신탁을 전한 델피의 신전 같은 곳이군요."

"가톨릭 신자들이 성모를 뵈었다는 기적의 장소도 그런 곳이지요."

장 박사는 그때까지만 해도 토스쿠를 원시종족이나 종교인들의 신비로운 체험 정도로만 보고 있었다.

"약물이나 환각을 일으키는 식물을 사용하는 것 아닙니까?"

사내는 단호하게 부정했다.

"그건 금기입니다. 술도 마시면 안 됩니다. 맑고 또렷이 깬 정신으로 만나야 하지요."

"오호. 만나는 비밀스러운 방법이 있습니까?"

사내는 무엇보다 첫째로, 하며 의외의 시각을 말했다.

"겸손해야 합니다. 토스쿠는 다른 세계의 또 다른 자신인데 그가 뭘 하는지, 어떤 모습으로 다가올지에 대해 우선은 마음을 비워야 해요."

그는 토스쿠를 만나기 전에 치러야 할 몇 가지 절차가 있지만 그건 중요하지 않다고 강조했다.

"토스쿠를 만지거나 대화를 했다는 말입니까?"

"토스쿠를 볼 수는 있지만 바로 마주하거나 대화하기란 힘들어요. 그러나 상대방이 통로를 열어주면 가능하죠. 문은 안으로 잠겨 있어 우리가 바깥에서 열지를 못하니까요."

장 박사는 사내의 수수께끼 같은 답변이 흥미로웠다. 어쩌면 미래의 로봇이 토스쿠가 아닐까? 미래에는 자신의 신체 특성과 뇌를 복사한 로봇을 만들어 자신의 대행으로 쓰지도 않을까? 먼 훗날에 인간은 기억을 저장한 뇌를 복사하고 재생해서 새로운 나로 만들 수도 있을 것이다. 그렇다면 나가 여러 개 만들어질 수도 있을 것이다. 그 나가 각자의 삶을 살고 공유하는 것도 가능하리라. 인간은 그렇게 해서 영원히 사는 인간의 오랜 꿈을 해결할지도 모른다. 사내가 하는 말이 신비주의자의 넋두리라고 해도 장 박사의 삶에 상상력을 채워주니 위협이나 손해가 될 건 없었다. 그 즈음에서 장 박사는 멈춰야 했다. 그쯤에서 장 박사는 토스쿠 현상 앞에서는 겸손해야 한다는 사내의 경고를 이미 무시하고 있었는지도 모른다.

　　"토스쿠를 만나 좋았나요?"

　　"좋고 즐겁기도 했지만 무섭고 슬프기도 했지요."

　　"무슨 그런 말씀이?"

　　"토스쿠를 만나 보면 제 말이 이해가 되실 겁니다."

　　그날 밤, 장 박사는 사내가 머무는 요트를 방문했다. 사내의 이름은 크레이보었다. 카그반 부두의 끝머리에 머문 요트는 날렵한 디자인의 최신 요트로 레이더와 풍력과 태양열을 이용하는 발전기를 장착했고, 비상시를 대비한 구명정까지 실려 있었다. 요트에는 금발 머리를 늘어뜨린 푸른 눈의 젊은 여자가 크레이보를 기다렸다. 북유럽인으로 보이는 여자는 크레이보와 장 박사의 대화를 흥미롭게 들으며 함께 맥주를 마셨다. 신비로운 분위기를 풍기는 여자는 거의 말이 없었고 가볍게 짓는 미소와 눈썹의 움직임, 몸짓으로 자신의 뜻을 대부분 전달했다.

장 박사는 토스쿠를 만나러 가자는 크레이보의 제안에 응하고 말았다. 최고 속도로 하루 밤낮에 몇 시간을 더 달리면 남쪽의 섬에 도착한다고 말했다. 어차피 휴가는 며칠 더 남아 있었고 그다지 할 일도 없었다. 장 박사는 휴가를 맞으면 업무를 마감하고 세상 모든 일에 관한 상상을 자유롭게 펼치는 방식으로 휴가를 보냈다. 그는 몇 권의 책과 고전 음악을 휴가지로 가져갔고 음악을 들으면서 해변을 산책했다. 해변을 거닐며 그는 로봇과 인공지능에 관한 가설을 세웠다가 이것저것 검토를 하고는 지워버리곤 했다.

토스쿠에 대한 호기심이 그가 남행을 결심하게 된 동기였다. 호기심만으로는 그의 행동을 선뜻 설명하기는 어려워 구태여 말한다면 그를 잡아당기는 뭔가에 끌린 것이라 말할 수도 있을 것이다. 그는 토스쿠에 대한 크레이보의 말을 그다지 신뢰하지는 않았다. 장 박사는 섬에서 흑마술을 펼치는 주술사나 환각 식물이나 마취 독을 이용해 접신한 샤먼을 만나리라 짐작했다. 토스쿠를 만나지 못해도 필리핀의 남쪽 바다와 섬을 구경하는 일정도 나쁘지 않았다. 아름다운 여자와 함께하는 여행이 남쪽의 섬에 대한 경계심을 누그러뜨린 점도 있었을 것이다. 어쩌면 진척되지 못하는 로봇과 인공지능 연구에 그는 회의하고 있었고 그 틈새를 마침 누군가가 비집고 들어왔는지도 모른다. 여행지에서 오늘은 무슨 사건이 생겨도 좋다는 마음가짐이 들며 허술해지는 날이 있다. 장 박사가 미지의 섬으로 내려가기로 결심한 날이 그런 날이었다.

"사실 난 로봇 전문가예요. 로봇을 인간처럼 만들어보려고 평생을 바친 학자랍니다. 그런데……."

"아, 어쩐지……."

크레이보는 장 박사를 새삼스러운 눈으로 다시 바라보았다. 마치 장 박사에게서 로봇의 정체를 밝히려는 의도가 깔린 묘한 시선이었다. 장 박사는 그런 사내의 시선을 뿌리치고 쓸쓸한 웃음을 띠고 말했다.

"요즘 와서 내가 하고 있는 일이 터무니없는 만용이 아닌가 하는 회의에 빠진 것도 사실입니다."

"만용이라기보다 창조에 따르는 고통이 아닐까요. 자연이 수백, 수천만 년의 세월에 걸쳐 이룩한 것을 인간은 너무 빨리 성취하려고 바라니까요. 인간은 자신이 살아 있는 당대에 뭔가를 이루기를 갈망하죠."

"그럴지도 모르죠."

이튿날 새벽에 출발한 요트는 빠른 속도로 남으로 내려갔다. 대략 10노트를 넘는 속도로 세일을 펴지 않고 달렸다. 크레이보와 여자가 몇 시간씩 교대로 타륜을 잡았다. 장 박사는 베토벤의 피아노 협주곡을 듣다가 선실에서 쉬기도 하며 여유롭게 그들의 운행을 지켜보았다. 오른편으로는 팔라완 섬, 그리고 왼쪽으로는 파나이 섬과 네그로스 섬, 민다나오 섬이 지나가리라 예측을 했지만 실제로는 아무 섬도 보이지 않았다. 필리핀의 내해는 태평양의 가운데를 뚝 잘라 빠뜨려놓은 것 같은 망망한 바다였다. 크레이보는 목적지까지 최단거리로 가되, 중간에서 만나는 모든 섬을 지나치기로 작심한 모양이었다.

하루 밤낮과 몇 시간을 쉬지 않고 달려 배는 아침 무렵 안개가 깔린 섬으로 들어갔다. 안개를 뚫고 들어와서 섬의 크기를 짐작하기 어려웠다. 장 박사는 한적하다 못해 원시적인 부두를 예상했으나 예상과 달리 선착장은 현대적인 시설로 정비가 잘 되어 있었고 부두 뒤의 집들은 깔끔했다. 거기에다 휘어진 해안의 끝에 자연적으로 쌓인 바위들이 외항의 모습으로 자연스럽게 파도를 막아주고 있었다.

선착장 앞에는 관리사무소 건물이 있었고 그곳 주민들은 크레이보와 친근했다. 섬에 도착한 장 박사는 크레이보가 어민과 아이들에게 줄 선물을 가득 싣고 온 사실을 알게 되었다. 선물 상자에는 아이들과 어른들을 위한 연필과 노트를 비롯한 학용품, 축구공과 옷, 신발이 가득했고 냄비와 칼과 그릇, 낚시 도구들도 담겨 있었다.

어민은 금발 머리의 여자를 어려워했다. 크레이보와는 웃기도 하고 장난도 쳤지만 어른들부터 아이들까지 여자와 이야기를 나누는 사람은 없었다. 그녀는 가까이하기 어려운 사람으로 낙인되어 섬 주민들에게는 기피대상인 것 같았다. 그들은 장 박사를 크레이보와 여자의 중간쯤에 속한 사람으로 매기고 조금씩 마음을 열기 시작했다.

점심 즈음에 어른들 몇이 당나귀에 상자를 싣고 산으로 올랐다. 인간의 손이 닿지 않은 열대의 숲이었다. 울창한 숲은 사람들이 밟고 지나간 좁은 길을 벗어나면 침입을 허락하지 않는 완강한 모습이었고, 숲이 인간에게 허락한 길에도 새로운 풀들이 자라나고 있었다. 숲은 풀과 관목과 꽃, 막 뻗어 오르는 중간 크기의 나무, 그리고 하늘을 가리는 줄기와 가지로 빽빽했다. 온갖 새 소리가 귀를 울렸고, 숲이 풍기는 짙고 혼란스런 냄새가 코를 덮쳤다. 장 박사는 길을 따라 오르면서 문명의 세계에 젖은 청각과 후각이 마비되고 새로운 감각으로 대체됨을 느꼈다. 장 박사에게 스며드는 감각은 그를 두렵게 하거나 불안하게 만들지는 않았고, 어떤 새로운 세계를 들어가기 전에 그를 훈련하고 다듬는 것 같았다. 그들이 한참을 올라가자 길이 조금 넓어졌고 고무나무로 만든 울타리가 그들을 막아섰다. 모습을 드러내지 않은 파수병이 그들에게 거친 소리로 물었다.

"호트 아베?"

"호트 아베 시호쿠, 성스러운 이빨이여!"

그들을 이끌고 가는 촌장이 엄중하게 대답했다. 좁은 길을 한 줄로 올라가다 그들은 두 번째 보초병들을 만나게 되었다. 장총을 둘러멘 세 명이 나무 방벽으로 길을 막고 있었다. 그중 상체가 듬직한 책임자가 물었다.

"누구냐?"

"일곱 번째 섬에서 온 사람이오."

"그 섬에는 뭐가 있지?"

"이빨 두 개 달린 짐승, 발 하나인 독수리."

"어떻게 왔나?"

"안개를 타고, 다섯 개의 반달과 함께."

보초병은 낯선 사람이 섞인 일행에게 방벽을 열지 않고 크레이보와 촌장에게 몇 가지 질문을 더 던졌다. 길고 팽팽한 대화가 오가고 책임자가 보초병을 윗길로 올려 보냈다. 어디에서도 북이나 피리 소리 같은 의식을 알리는 음은 들리지 않았다. 시끄러운 새 소리가 귀에 익은 바람에 새 울음이 그친 방벽이 거대한 침묵에 휩싸인 것 같았다. 장 박사는 불편한 침묵을 서서 견뎠다. 열대의 산은 눅눅했고 울창한 숲 사이로 바람조차 불지 않았다. 그는 흐르는 땀을 이마에서 훔쳤다. 한참 후에야 돌아온 보초병이 책임자에게 보고를 올리자 그는 언짢은 얼굴로 통과를 허락했다.

목적지에 도착하기 전에 마지막 검문을 받았다. 알아듣지 못할 묻고 답하는 대화가 오간 후에 오르막이 끝나면서 장 박사는 목적지에 도착했다. 산 중턱에 있는 그곳은 산봉우리들이 에워싼 분지였다. 첫눈에 사람을 놀라게 하는 아름다운 호수가 중앙을 차지했다. 분지에서 호수를 보리라고는 생각지 않아 장 박사는 갑작스러운 호수의 출현에 놀랐다. 흰색이 섞인 호수는 너무나 맑아 주위의 산들과 나무들이 물에 고스란히 비쳐들었다. 마치 또 다른 생명을 누리는 것만 같았다. 호수의 바닥은 흰색 바위가 깔려 푸른 물색이 더욱 도드라졌다. 물색은 깔린 바위 색의 짙고 옅음과 물에 녹아든 광물 성분으로 연두에서 짙은 파랑으로 나뉘어 몇 개의 작은 호수를 합쳐 놓은 것 같았다. 15분이면 둘레를 한 바퀴 돌 정도로 크지는 않았다. 장 박사는 호수를 보는 순간에 몇억 년의 시간을 거슬러 올라가 어떤 기원의 장소에 도달한 감흥에 사로잡혔다. 호수에는 넘어진 나무가 박혀 있지도 않았고 수상식물이 살지도 않았다. 호수는 큰 돌의 가장자리를 수직으로 깎아 만든 욕조처럼 바로 깊어졌고 물이 들어오는 곳도 빠져나가는 통로도 보이지 않았다.

호수의 중앙 부근 땅에 일곱 채의 오두막이 세워져 있었고 거기서 서른 걸음 떨어진 장소에 대칭으로 똑같은 오두막이 서 있었다. 이쪽과 저쪽을 가르는 오두막의 경계선은 없고 집 모양도 같았지만 두 곳의 오두막은 명백히 다른 용도였다. 오두막 마을은 주민들로 구성된 경비대가 지키고 있었다. 장 박사는 올라온 길에서 가까운 이쪽의 오두막에 묵었다. 크레이보가 저쪽의 오두막으로는 넘어가서는 안 된다고 일렀다. 부질없는 충고였다. 밤에 오두막 마을의 책임자가 장 박사에게 저쪽으로 넘어가는 길을 허락했다. 장 박사가 저기서 무얼 만나든 흔들리지 않을 거라 장담하는 바람에 책임자가 일찍 보내기로 결정을 해 버렸다. 마을의 책임자는 장공진 박사의 조심스럽지만 토스쿠를 깎아내리는 말에 그가 장담한 확신을 빨리 깨뜨리고 싶었는지도 모른다. 책임자의 속마음을 알 수는 없지만, 그는 장 박사가 저쪽 오두막으로 넘어가도 된다고 선선히 허락을 하면서 토스쿠를 만나는 모든 과정과 결과는 온전히 장 박사 개인의 책임이라는 사실을 알렸다. 그날 밤에 장 박사는 토스쿠를 만났다. 그리고 이튿날 장 박사는 자신의 경험을 박순익에게 메일로 보냈다.

왜 동료 연구자가 아닌 박순익에게 연락을 보냈을까? 이상한 일이었다. 그가 목공 팀의, 박순익을 비롯한 신경정신과를 거쳐 온 환자들이 겪었던 위기만큼 극심한 혼란을 겪었기 때문이 아니었을까?

〈2권에 계속〉

작가 약력

정광모

부산 출생으로 부산대학교를 거쳐 한국외국어대학 정책과학대학원을
졸업했다. 2010년 「어서 오십시오, 음치입니다」로 한국소설 신인상을 받
으며 작품 활동을 시작했다. 소설집『작화증 사내』로 2013년 부산 작가
상을 수상했으며, 장편소설『토스쿠』로 2015년 아르코문학창작기금을
받았다. 저서로『또 파? 눈먼 돈 대한민국 예산』,『작화증 사내』,『작가의
드론독서 1』이 있다.

전자우편 jmolaw@hanmail.net

블로그 http://blog.naver.com/jmolaw

:: 산지니·해피북미디어가 펴낸 큰글씨책 ::

삼겹살(전2권) 정형남 장편소설
1980(전2권) 노재열 장편소설
물의 시간(전2권) 정영선 장편소설
나는 나(전2권) 가네코 후미코 옥중수기
토스쿠(전2권) 정광모 장편소설 *2016 세종도서 문학나눔 선정도서
가을의 유머 박정선 장편소설
붉은 등, 닫힌 문, 출구 없음(전2권) 김비 장편소설
편지 정태규 창작집 *2015 세종도서 문학나눔 선정도서
진경산수 정형남 소설집
노루똥 정형남 소설집
유마도(전2권) 강남주 장편소설
레드 아일랜드(전2권) 김유철 장편소설
화염의 탑(전2권) 후루카와 가오루 지음 | 조정민 옮김
감꽃 떨어질 때(전2권) 정형남 장편소설 *2014 세종도서 문학나눔 선정도서
칼춤(전2권) 김춘복 장편소설
목화-소설 문익점(전2권) 표성흠 장편소설 *2014 세종도서 문학나눔 선정도서
번개와 천둥(전2권) 이규정 장편소설 *2015 부산문화재단 우수도서
밤의 눈(전2권) 조갑상 장편소설 *제28회 만해문학상 수상작
사할린(전5권) 이규정 현장취재 장편소설
테하차피의 달 조갑상 소설집 *2011 이주홍문학상 수상도서
모녀5세대 이기숙 지음
무위능력 김종목 시조집 *2016 부산문화재단 올해의 문학 선정도서
금정산을 보냈다 최영철 시집 *2015 원북원부산 선정도서

효 사상과 불교 도웅스님 지음
지역에서 행복하게 출판하기 강수걸 외 지음
재미있는 사찰이야기 한정갑 지음
귀농, 참 좋다 장병윤 지음
당당한 안녕-죽음을 배우다 이기숙 지음
한 권으로 읽는 중국문화 *2010 문화체육관광부 우수학술도서
차의 책 The Book of Tea 오카쿠라 텐신 지음 | 정천구 옮김
불교(佛敎)와 마음 황정원 지음
논어, 그 일상의 정치(전5권)
중용, 어울림의 길(전3권)
맹자, 시대를 찌르다(전5권)
한비자, 난세의 통치학(전5권)
대학, 정치를 배우다(전4권)